KB100087

'를' 이 비처럼 내려

시와소금 시인선 · 110

'를'이 비처럼 내려

송병숙 시집

시와소금

▌송병숙 약력

- 강원도 춘천 서면 출생.
- 강원대학교 국어교육과 및 동 대학원 졸업.
- 1982년《현대문학》초회 추천부터 작품 활동.
- 시집으로 『문턱』 『'를'이 비처럼 내려』가 있음.
- 삼악시, 산까치, A4 동인.
- 강원문인협회, 강원여성문학인회 이사, 한국시인협회,
  춘천문인협회, 춘천여성문인협회 회원.
- 현) 한림성심대학교 강사.
- 역임) 원통중·고등학교장, 강원여성문학인회 회장.

- 전자주소 : chohyang@hanmail.net

자벌레가 기어간다
두려움에 머뭇거리다가
간지러운 겨드랑이를 후벼 파다가
밤하늘의 쓸쓸한 눈빛에 들키곤 한다

종종 움츠러들거나
바닥에 떨어지기도 하지만
나가는 것이 숙명인 듯
다시 일어서는 벌레

몸통은 온데간데없고
몸부림만 남은
'를'의 모습이 겹다

| 차례 |

| 시인의 말 |

제1부 기억의 저항

제3부 사과 대위법

제4부 발가락 따옴표

제 **1** 부

기억의 저항

동강, 달을 한 입 베어 물다

보름달을 관음송에 피워놓고 마음 비질하는 밤

아비를 베어 문 죄 하늘에 튕겨 참회의 길은 길고 무겁다

단풍 드는 일은 한 업業을 쓸어 담는 일

바람은 연緣을 묻지 않고 예각의 물소리 밤새 시리다

경계를 허문다는 것은 욕망을 접는다는 것일까

만개한 보름달을 꺾어 강물에 던지니

달은 흩어져 형체를 지우고 물길을 돌고 돌아 모로 누운 산
자락 하나 감싸 안는다

색色을 버린 산은 저물어 자유롭고

멀리 에돌아가는 어라연의 발꿈치는 밤내 눈부셨다

* 영월에 있는 강 이름. 영월에는 김삿갓의 무덤이 있음.

귀의 염전

귀의 첫 삽은 소금 방정식
바닷물이 뱉어놓은 소금의 질량과 해를 풀 말의 사리를 찾아
오체투지하는 귀들이 염전에 엎드려 있다
먼 고대 육지에 갇힌 바닷물이 제 뼈를 발려 태양 아래 널어
놓은
소금의 결정은 말의 결정을 닮았다
각을 세운 소리들이 몸 부딪치는 내 안의 보리수
고흐가 잘라버린 귀 한쪽이
못다 읽은 경전의 한 페이지를 구겨 처마 끝에 건다
바람이 입을 벌리고 한 술씩 떠먹이는 말씀이
하루치의 염장炎瘴을 다 쓸고도 남겠다
외이도를 뛰쳐나오는 말발굽이 수 만 평 염전을 달려
톱니 가위로 해안선을 가른다
무릎을 꿇고 참회하는 나의 게송은 부걱거리는 소금의 얼개
가두되 갇히지 않는, 결結도 해解도 함께 피어나는 귀의 염전
에서
늙은 염부가 노을을 밟으며 수차를 돌린다
한 계단 한 계단 퍼 올린 말의 정수리가 순백으로 빛난다

햇빛과 바람과 시간을 태워 소금꽃으로 피어나는 바다의 뼛
조각들이
예기불안의 기울기를 귀 밖으로 밀어내는
염전에선 소금이 경전이다.

포자의 눈

포자의 촉수 하나 손톱 끝에서 눈을 뜬다
무량의 어둠 속을 헤쳐 나가는 저 눈 안의 눈
암흑의 바다가 휘둥그레 일어선다
흰동가리를 데리고 수면 아래로 가라앉는 빛의 암자들
하루살이가 올려다 본 한낮은 얼마나 무거운가
왜곡된 그림자를 한 국자씩 수면 위로 퍼 올리며
한 발짝 한 발짝 쌓아 올린 빛의 제단에서
떨어져 나온 입자가 자기증식을 하는 모네의 손끝을 바라보
았다
진화하는 빛깔과 빛깔 사이
갈비뼈에 직조된 어둠이 우두둑거린다
시시각각 경계를 허무는 빛의 위강胃腔
실타래처럼 엉켜 서로의 목을 옥죄는 씨줄과 날줄을 극極이라
하면
헐렁한 매듭수 하나를 화和라고 하자
나선형으로 휘돌아 제 몸을 떨치고 나오는 포자의 날개
어둠을 향해 컹컹 부르짖는
응시의 촉수가 구부러진 골목을 휘영청 들어 올린다

살과 뼈를 맞바꾼 빛의 파장이 우주의 페르소나*를 흔들어놓
는다
작은 것을 다해 넓으나 드러나지 않는**
우주의 간극이 번하다

*탈
**君子之道, 費而隱(중용)

규화목*

나이테는 돌의 속살로 가득 찼다
달빛 속에서 상수리나무는 옆구리를 훔쳤고 나는 울기를 멈
췄고 시간은 더 이상 일기예보를 하지 않았다

훅, 훅, 뿌리 사이로 쇳물이 솟구친다 비벌刑罰을 당한 시간이
땅 속으로 가라앉고 아름드리 주검들이 오미자빛 잿물을 꿀꺽
꿀꺽 들이켰다

너는 넘어져도 네가 가라
짐승처럼 헐떡이는 나무

사랑이라는 말조차 차갑게 굳어버린 오늘 한 생이 끝나고 한
쪽 귀가 역류한다
산다는 게 무언가
시간의 반대쪽은 얼굴을 가리고
돋아나는 돌의 내면은 드라큘라처럼 뜨겁다

역사는 총총히 지나가고

태도를 바꾼 화석은 유한한 목덜미에 날카로운 이빨을 꽂
는다

돌이 돌을 깨며 꽂인 양 타오르는 순간이다

*나무 화석

솟대를 걸다

새 한 마리 띄운다
노루삼만하게 부풀어 오른 색동주머니에
볍씨 한 줌 넣어 장대에 높이 매달았다

지상에 풍년이 들고 천상의 신들이 깃털을 흔들고 지나가면
그 오랜 바람의 기별인 듯

쓸쓸한 영혼의 날실과 씨실을 뽑아
고향 마을 어귀에 이방인처럼 섰다가 왔다

순록의 뿔이 떨어질 때 새로운 달이 시작된다고 믿는
머지않아 지상에서 사라질 저 북극 돌간족*의 비원이 향불처
럼 피어오르는 밤
죽은 이가 천상세계로 올라갈 때 은하수를 따라간다든지
새의 모습으로 셔먼의 몸에 스민다든지 하는 이야기

사라진다는 게 영영 아득하여서

TV에선 수만 마리 새떼들이 뫼비우스의 띠를 그리며 천상을 맴돌고 있다
파노라마처럼 밀려가고 밀려오는 새들의 비행이 나뭇가지에 올려놓은 기러기 떼의 정령 같아서

이미 사라진 것들과
곧 사라질 것들과
막 길을 떠나는 그 날갯짓 소리 듣는다

끊어질 듯 간간이 이어지는 낯선 이방의 노래
창밖에선 궤도를 이탈한 새 한 마리
별꽃잎 하나 따 물고 어둠 속으로 사라진다

* 돌간족 : 러시아 북극권에 거주하는 소수민족으로 현재 5,500명 정도이며, 지구에서 소멸 위기 10위 안에 든다고 함.

수국

발아하지 못한 꽃눈들이 화농처럼 성을 낸다
초여름에서 늦여름까지 뭉클뭉클 부풀어가던 열망을 건널목
처럼 멈추고
한 토막씩 잘라 갱생을 꿈꾸던

그곳 또한 사면이 벽이었다 손 뻗으면 닿을 것만 같은 종탑의
십자가가 나무 울타리와 성벽 사이에서 저녁 눈발을 뿌리고 있
었다

꽃잎은 땅의 성질에 따라 파랗게 또는 붉게 물든다
꺾어 심어도 실하게 뿌리 내리고 탐스럽게 꽃잎 터뜨리던 시
절 나는 수만 개의 손가락을 펼쳐 움켜쥐고 싶었던 것들을 하나
씩 탐해갔다
내가 파랗게 물들 때 그는 산성이었고 그가 알카리로 변해갈
때 나는 붉은 꽃잎을 천지사방에 흠뻑 뿜어댔다 그의 말을 내가
하고 그의 독배를 나눠 마시며 우리는 주루룩 소진했다

낭자하게 잘려나간 모가지들이 어둠 속에서 흡, 흡, 돌아선다

뒷배 없이 파고들어 사력을 다한 뒤태가 역력하다

바람이 불고 공중방아를 찧고 마른 꽃봉오리들이 출렁 출렁
마지막 독기를 뿜어낸다 몸을 겹쳐 찍어 내던 사방연속무늬들이
잠투정하는 아이 울음소리처럼 뚝뚝 끊어졌다
  일제히 고개를 젓는 군중들 속에서 홀로 꺾이고 홀로 빛나는
남은 기도를 뒤척여 오래된 심지를 돋우는

후각을 잃고 나는 자꾸 꽃의 미간에 마른 입술을 문지른다

천 송이 만 송이 융기하는 마른 꽃대가 성벽을 따라 하얀 꽃
잎을 사각사각 피워 올리고 있다

'를'이 비처럼 내려

'를'이 유리창에 비처럼 내려 똔또똔 똔또돈 시계탑 앞에 머무는 동안 목적어가 떠오르질 않네 이 추위는 어디서 오나 양식이 떨어졌나 신용불량자인가 입술을 축이기도 전에 타전해 놓은 활자들이 술렁거리네 알맞은 핑계를 찾지 못한 나는 자주 불안해지고 미워하기 시작하고 블록을 씌워 서성이다가 한참이나 후회의 뒷길로 미끄러지네 엔터를 놓친 자판이 입천장을 자동기술로 훑는 동안 방금 튀어 오른 'ㄹ'이 혀끝에서 펄럭이고 '~'을 좇는데 긴 인생이 다 걸리는 '을'이 '를를를' 쏟아져 송곳처럼 박히네 프리다*처럼 박히네 나사못 끝에서 쿵쾅 심장이 부서지고 파랑새 한 마리 허공을 찢고 사라지네 붕대를 풀고 '을'을 초승달처럼 뒤지면 한 세월을 찾을까 자궁 속 아기는 '을/를'을 걷어차고 조각난 시간의 탱목을 헐었다 세웠다 헐거워지네 '를'이 방향을 잃고 아흔아홉 얼기설기 일어서는

* 멕시코 여류 화가 프리다 칼로 그림 'The Broken Column'

살청, 보다의 여가리

차 한 모금을 머금고 연잎 한 장 펼쳐든다 흰죽처럼 끓던 여가리가 단전을 오그려 소낙비를 긋는 형상이다 살청을 위해 연잎은 뜨거운 무쇠솥을 몇 차례 견뎌야한다 물기를 말리고 형질을 바꾸는 일은 한 생을 지우는 일과 같아서 혼신을 다해 말매미가 피울음을 운다 독으로 독을 다스린 이슬의 결정체, 초록 발톱을 감추고 있다 고되고 향긋한 죽음이 빵꽃처럼 피어 이승의 무른 목숨들을 어루만지는 중이다

사람의 일도 지나치게 무성한 것은 이웃한 것들을 상하게도 하는 것이어서 나감과 멈춤 사이 웃자란 풋내를 꺾어 반추동물처럼 씹고 또 되씹는다

산사를 거닐던 낮달도 살청 뒤의 일이라서 감미와 향미가 순하게 번져나갔다

사이論

사람이 사람에게 넘어져 운다
사람과 사람 사이
잃어버린 사이가 아까워 운다

사이를 상상으로 키운 방동리 봉분 셋

광주리를 인 아낙들과 어린 학생들이 아침 햇살을 받으며 홍
골에서 금산 배터까지 한걸음에 내달리는 사이 아침보다 조금
더 붉은 햇덩이를 안고 소양강을 건너 북한강을 건너 저녁 밥
상에 올망졸망 둘러앉는 사이 골 안 맨 윗자리 사이를 목숨과
바꾼 신숭겸과 사이에 황금을 묻은 왕건이 전설로 우뚝 솟아오
른 곳

무례한 후대들 그리할 줄 알고 전국의 명당자리 세 곳에 봉분
을 세 개씩 쌓아 진실과 사실을 버무려놓았다는데
도굴꾼이 밤새도록 헛무덤을 파내다가 새벽닭이 울고 말았다
는데

방동리에서 나고 자란 아이들은 사이에 관한 자세를
사람만이 할 수 있는 일은 해야 하고 하지 말아야 할 일은 하
지 않아야 한다는 걸 황금보다 먼저 알게 되었다는데

사이의 상처
시작도 사람이고 마무리도 사람이니 돌아갈 곳도 사람이
라고

두둑뿌리 지나 담보대 지나 장절공묘에 올라가 보면
사이에 날개를 단 전설 하나 황금빛으로 너울거리고 있다

사람과 사람 사이
사람이 그리워 운다

탑
— 미륵사지를 지나며

중심이 왜 중요한지
알겠다, 팔을 벌려 품을 키워야 높아져도 외롭지 않음을

오늘의 결말이 모두의 정점은 아니어도 탑은
늘 중심을 우러른다 견딘 만큼의 시간이 흐르고 흔들린 만큼
균열져
허공이 높을수록 두려움도 컸을

한 사람을 알겠다

중심에서 벗어나고 싶었던 순간들을 빈 항아리처럼 엎어 놓고
오래된
바람의 말을 조심스레 쓸어보는 이 곳

한 계단 한 계단 쌓아올린 손길이 마지막 보주를 탑신에 올려
놓을 때
번뇌가 몰려와 온몸을 회오리로 휘감을 때 탑은
아랫돌이 윗돌을 견딜 때에만 붙여지는 이름이란 걸

막 삐져나온 모퉁이돌 하나 쏟아지는 허공을 받아 안는다
곁에 있던 작은 돌멩이 하나 출렁 몸을 던져 그 틈을 메운다

휘영청 솟아오른 탑은
한 팔과 한 팔이 걸리는 곳에서 피어나는 이름이란 걸

알겠다, 오래 지켜온 허방의 힘으로
겉은 흔들려도 중심을 버리지 않는, 한 사람을

느리게 알겠다

가벼운 십자가

   가슴에 동굴 하나 뚫려 있다 막다를 때마다 파 들어간 굴이 산등성이를 관통했다 시커먼 아가리가 명치끝에 매달려 돌개바람을 일으킨다

   굴을 파는 동안 어둠은 익숙해졌다 손톱엔 피가 맺혔고 무릎과 허리엔 습풍이 들이쳤다 막다르지 않았더라면 잃지 않았을 것들이 굴을 파는 동안 떠나갔다
   떠날 사람들이 떠났고 올 사람들이 왔다

   십자가는 참 가볍다

   터널은 늘 마지막에 가서야 다음 말을 이어간다는 걸 가슴에 굴을 파 본 사람들은 안다

   굴은 시작과 끝이 달랐지만 낯익었고 낯설었다

   끝이 보이자 반달 모양의 햇살이 손을 내밀었다
   높지 않으면 막다르지도 않았을 거라고 터널 안이 대낮처럼

환해졌다

산의 중턱은 출구만으로 꽉 찼다
손가락 끝에서 노을이 퍼져나갔고 발가락 끝에서 은어 떼가
출렁거렸다

뛰어내리면 닿을 곳에서 완행버스가 구불구불 경적을 울렸다
들꽃들이 그림처럼 일어섰고 계곡물이 경쾌하게 발을 굴렀다
그 길 또한 아름다웠다

선택한 길이 운명이 되었다

자벌레와 주전자

벌레가 온 몸을 구부린다
'어두워, 고요해'
감당할 만큼의 허공을 밀어보는 자벌레

나가려는 자만이 두려움을 느낀다

주전자 물이 끓고 뚜껑이 덜컹거릴 때마다 구석으로 몰려든
고요가 졸린 고양이처럼 깜짝 놀라 눈을 떴다가 다시 감는다
벌레가 한발 앞으로, 나선다

한 발 내디디기 전에는 아무 일도 일어나지 않았다

바람을 모아 그 힘으로 흔들리는 나뭇잎처럼 제 몸의 반을
구부렸다가 펴는 일부터 시작한 애벌레
퇴화한 영혼에 불이 붙고 잃어버린 배다리 접힌 주름에 날개
가 돋아났다

날개를 팔랑거릴 때마다 달빛이 조금 더, 푸르렀다

돌아보면 0g, 솜털처럼 가벼운

수인리에서 디킨즈를 생각하네

버려진 신작로는 결속을 헤쳐 놓은 조직 같았네

영화는 흐르고 주인공은 두 갈래 길에서 고심하네 선택은 자유의 중간쯤이라고 길은 구불거리고 소피를 생각하네 길은 급했고 멀미가 났고 끈질게 따라왔네 도로에서 잠시 벗어나는 일은 설렜지만 두려움이 오소소 따라나섰네 호수는 눈부셨고 돌아서면 은유만 남았네 가끔 옆 자리에 앉기도 했지만 운전이 서툰 나는 자주 잊었고 호수는 자주 쏟아졌네 알맹이 없는 실루엣은 급한 전갈이 깨운 선잠 같았네

나는 이 길에 잠시 나를 두려 하네

겨울 툇마루에 햇살만 두려하듯, 군데군데 파인 길, 산에서 굴러 떨어진 돌멩이가 아무렇게나 널려있는 길, 솔가지가 입김을 훅훅 내뿜는 길, 이 길에 나는 노박 덩굴과 멧새의 날개짓과 강물의 잠꼬대만 남겨두려 하네 놓치고 놓은 것들이 꽃인 줄 모르고 지나쳤던 그 길, 흔들리는 것도 노래가 되었던 그 길, 내 삶은 수인리에서 추곡리로 흐르는 옛길 같았네 쉬지 않고 내달리는 등고선 같았네

수인리 터널 앞에서 나는 매번 망설이네

곁길로 들어서면 호수로 통하는 길
구비진 길 아무도 보살피지 않는 길 매일 늙어가는 길
쓸쓸히 사라질 길

웅진리에서 수인리*까지
갈팡질팡, 터널은 시작되고 차는 이미 터널 밖에 나와 있었네

설레면서도 선뜻 설레지 않는 길
그립지 않으면서도 어느새 그리워하는 길

* 춘천과 양구 사이의 옛길

기억의 저항*

완장을 차고 어둠이 저벅거리네 아침에 뱉어놓은 문장이 엿
가락처럼 구불거리네 피고 지는 일은 늙고 병드는 일과 같이 꽃
의 일상이어서 맨드라미가 씨방을 털고 가벼워지네 삶이라는 게
묻고 또 묻는 일의 반복이지만 씨앗 하나 터는 일로 까마귀오
줌통이 지린내를 풍기고 있네 우우 몰려오는 달 비린내 일렁이
는 못물이 머릿단 가득 캄캄하네 노란 완장과 검은 날개와 풀
벌레의 울음소리가 집으로 돌아가는 것들을 논둑길에 구불구불
펼쳐놓네 이명의 분절음이 삐, 삐, 마감 시간을 알리고 마른 입
술을 자주 버스럭거리네 괘종시계가 뎅뎅 녹아내리고 그동안
알고 지냈던 것들이 하나씩 밑동을 뽑고 떠나가네

* 달리의 작품명에서 차용.

무주, 무주無主

　반딧불이는 일 분에 스무 번씩 발정을 하고 짝짓기가 끝나면 죽는다 수컷 문어도 알이 부화하면 불침번을 끝내고 삶을 마감한다 늦게 발화한 산딸나무도 달빛 아래에서 하얗게 산화하는 동안 그와 머물던 모든 것들이 캄캄하게 죽어버렸다

　무주의 구천은 폭포 끝에서 한 번 하얗게 피어오르고 갈래갈래 흩어졌다가 몇 구비는 담潭을 이루어 푸르렀다가 다시 어두워지곤 했다

　백련사 일주문에 깃들 때까지 달을 품고 걷고 또 걸었다 우화루 앞에 이르러 길게 휘돌아가는 그의 발자국 소리가 잦아졌다

　달빛이 흩어졌고 나는 흐르는 것을 좇다가 못내 나를 보지 못했다

　그가 없는 나는 산딸나무도 달꽃도 피우지 못했고 멀어져가는 그를 놓아주지도 못했다

　바람이 등을 미는 칠흑의 밤이 계속되었다

제 **2** 부

흐르는 문패

자주감자는 파랗게 운다

감자꽃이 피었다 몇 해 전 살 처분된 소의 내장이 밭고랑에서 워낭소리를 냈다 비가 오면 새끼를 부르는 어미소 울음소리, 바깥사랑채에 매달려 찌걱거리던 지게문 같았다 그건 잔뼈를 발려낸 풍문과 같아서 원한은 금세 진액처럼 녹아내렸다 흙벽을 두드리던 소 발굽 소리도 오래지 않아 모두 사위어 갔다 설화 속에서도 소는 말이 없었다 번식은 뿌리를 세우는 일이었지 썩어가면서도 뿌리를 거두지 않던 감자싹이 제 살을 파먹으며 소 울음을 울었다 땅에 묻힌 소의 눈동자가 감자꽃으로 흔들렸다 자주감자를 씹으면 시퍼렇게 혓바늘이 돋아났다

흐르는 문패

문패를 달고 싶었다
물길을 돌려 꽃을 피우고 물고기를 키우며 물위를 걷고 싶었다

번지를 갖기 위해서는 흐르는 것을 납치해 바닥을 띄워야 했다
연잎 위를 걷기 위해 발가락이 정강이보다 길게 발달한 카카두의 닌자새처럼

물살이 급할 땐 발톱이 날을 세웠고
입동이 지나자 얇게 감금된 강물이 먼저 얼개를 짜기 시작했다
성글게 길이 생겼고 모든 통로가 읍으로 향했다

살얼음은 듬성듬성 모양을 잡았지만 결의가 부족했다
바닥을 돋우고 뼈대를 세울 땐 이웃의 얼개까지 조여야 했다

군개를 건너 본 사람들은 안다
동면에서 깨어난 물은 길을 지우고 날을 세워 안면을 바꾼다

는 것을

　물이려니 하면 얼음이었고 바닥이려니 하면 수렁이었다

　언 자갈을 밟으면 꿈속까지 미끄러져 오랜 고질병이 되었다

　입춘이 되자 강은 얼개를 풀었고 번지를 버렸다

　동상으로 부푼 발가락 또한 물집이 터져 진물이 흘렀다

　물이 얼었다 녹았다 하는 사이

　형형炯炯한 것들은 모두 본래대로 돌아갔다

흘러내린다

신개발로 부자들은
근방의 고층아파트로 떠나고
남아 있는 자들이 처진 어깨를 추슬러
달빛에 말리고 있다

명동 중앙시장 약사동 망대
한때는 걸음을 멈추고 쳐다보았을 그곳

달밤엔 고여 있는 것들이 발효를 시작한다

셔터를 내리는 점원의 긴 그림자가 한때 인기 스타였던 연예
인의 동상에 그늘을 드리우고 중앙시장 좌대 사이를 대중인기
처럼 급히 빠져나가면 흩어진 길들을 두 손으로 모아 천상에 받
아 올리는 죽림동성당의 십자가

오래 묵은 것은 흘러내린다
팔리지 않는 구멍가게의 아이스케이크
물려받은 교복 칼라

사글세 밀린 양철 지붕
아, 고단한 몸을 꼿꼿하게 세워주던 등뼈

가파른 계단 위에 올라 가쁜 숨을 몰아쉬면
오래 졸고 있던 망대 하나 어둠 속으로 흘러내린다

한때는 쓸고 닦고, 그것으로 우쭐했던 옷가지며, 그릇이며 장
롱 짝들이
가로등 밑에서 저희들끼리 옥신거리다가
흘러내리는 달의 이마를 홱 잡아챈다
누구나 한 번은 솟구칠 때가 있다는 듯

나비, 한 잎의 악플

쉿,
한 잎이 시들고 있어요

나비가 입술을 빨대처럼 뽑아
꽃 속에 파묻네요
검은 꽃가루가 소당질 하듯 동글동글 방울지네요
박음질한 입술이 심장의 실밥을 자르는 동안
빠져나온 체모 하나 위태롭게 팔랑거리네요

오물오물 부화하는 나비의 악플
한 잎의 역사가 지고
또 한 잎의 역사가 주춤거릴 때
일기장에선 검은 활자들이 핏방울을 튕기네요

말이란 참 비릿한 거네요
해독하지 못한 나비의 행간들이 비에 젖고
파쇄기가 치명적 증거를 찾아다니는 동안
죽은 나무의 그늘에서 샐비어가 피를 흘리네요

얽히고설킨 천 길의 수렁

유효기간을 무시한 결말이 독기를 부걱부걱 뿜어내네요

입을 떼자 스낵처럼 부서지는, 한 잎의 목숨

쉿, 조용히 해 주세요

당신이잖아요

찬밥에 관한 몽타주

조팝나무는 어디로 갔을까 숟가락을 입에 물던 바람이 저녁
밥상 여가리를 맴돌다 풀 죽는다 며칠 묵은 반찬과 찬 밥 한 덩
이 끓는 물을 붓고 인생의 저변은 늘 이리 쓴 혓바닥 어디쯤이
었을 어머니를 요양원에 보내고 밥 앞에서 소심해지는 아버지
를 들춰 혼자 사는 연습을 해야 해요 밥도 짓고 국도 끓이세요
뜨거운 김이 오르지 않아도 수저를 드세요 온기도 찰기도 사라
진 약방문이 가부좌를 튼 채 피어나는 밥 사리 그 자리에 상사
화가 피지는 않아요 TV를 켜 든 아버지의 숟가락엔 배고파 우
는 아이가 헌데딱지를 파리에게 파먹이다가 SNS를 달구는 유
명인사의 그림자가 흘린 밥풀처럼 어정거리다가 발뒤꿈치 때를
벗겨 밥상머리에 뿌려놓는 친절한 TV씨 세상의 모든 입맛들이
밥상을 뒤집는 동안 온기를 잃은 조팝나무가 농담이 될지 르포
가 될지 오리무중이다

꽃은 누군가의 비명이었다

포크레인이 흙을 내리 찍는다 훅, 숨을 몰아쉰 흙이 허릴 비틀고 몸을 옹크린다 말문이 막히고 낯빛이 변하고 소금기가 버석거렸다 회오리치는 땅, 오므리는 힘으로 화석이 된 여자 그건 타자를 받아들이는 여자의 체언이 진흙을 닮았기 때문이다

베란다에 버려둔 난초가 꽃을 피웠다 단전에 숨을 모아 마지막 비명을 내지르고 있다 자궁에서 흙으로 건너간 도량道場 한 채가 노을을 한 삽 퍼다가 꽃의 저녁을 환히 밝혀주었다

노을이 밟고 간 발등이 촉촉했다

파적, 구멍에 대하여

오늘 나는 무거운 돌멩이 하나를 들어냈다
구멍을 들춰내는 일이 점화의 단초여서 입꼬리를 팽팽하게
당기고 마른 침을 삼키며 금이 간 개뼈다귀를 한 입 한 입 발려
냈다

입 주변의 비릿한 이름은 손등으로 문질러 닦았지만 꺾이고
구부러진 목울대는 질기고 슬퍼 질겅거릴 때마다 고무줄 탄내가
났다

범종소리는 깊을수록 종구가 어두웠다
소리를 얻기 위해 굴종은 적당했지만 파적破寂이 슬펐고 무너
지지 않는 구멍의 힘이 슬펐다

내일은 구멍에게 헌사를 바칠 셈이다
부걱거리는 것들이 고장 난 세탁기처럼 덜컹거릴 즈음
더럽고 부끄러운 것을 시원하게 삼켜주는 대아大我의 기질에
기념비를 세우기로 했다
오물을 쏟아낼 때마다 뜨거운 혀를 내미는 비데의 친절을 존

경하기로 했다

　모든 구멍은 남모르는 뒷심을 가지고 있었다
　먹은 것을 모두 토해낸 뒤 울리는 공명은 빈 유리잔끼리 부딪
치는 춤사위 같았다
　풍향기는 팽팽한 구멍의 힘으로 날개를 펼친다

　그러나,
　구멍과 점화의 관계는 적당한 수식이 없어
　크기와 명성이 늘 비례하는 건 아니었다

어빠

문정희의 '오빠'를 읽다가 히죽 웃네

"두둑한 지갑을 송두리째 들고 와
비단구두 사 주고 싶어 가슴 설레이는
오빠들이 사방에 있음을
나 이제 용케도 알아버렸다."*

툭 하면 천지사방 쏘다니며 연애 한 번 관심 없는 과년한 딸
한 달 먼저 태어난 고종사촌이 우연히 만난 방콕에서 기십만 원
짜리 핸드폰 케이스 사 줬다고 카톡방에 도배를 하길래 뻥 치는
줄 알았더니 진짜인가 보다
평소엔 이름 석 자 또박또박 부르며 게 껍데기 같이 굴더니
'오빠 오빠' 띄우며 살살 거린다
귀국한 오빠는 뒤늦게 속이 쓰린가 본데 저녁 밥값 제하고 나
면 이십 만원은 이득이니 그만치만 오빠라 부를 속셈

그래도 사십의 문정희보다 십년은 먼저 깨인 셈이니 대견하지
아니한가 키득거리는데 세 살은 더 잡수신 외사촌 누님 '오빠,
나두...' 카톡질 하네

* 문정희 '오빠' 부분.

흑백영화를 우러르다

　한국어 강의실 맨 뒷자리에서 어린 새댁이 아기에게 젖을 물린다 파미르 고원이 한계령 한 자락을 다소곳이 안아드는 심상의 암각화 주룩주룩 비가 내리는 흑백영화 한 편이 천천히 돌아가는 중이다 시험지를 풀다말고 옹알이로 주고받는 어미와 자식의 눈빛 대화를 어느 나라 문자가 빗장을 지르겠느냐 마르지 않는 젖줄로 한 대를 이루고 한 가계를 세우고 한 세상을 받아들여 평생을 한국어로 살아갈 키르키즈스탄의 처녀야 새싹을 밀어 올리는 뿌리의 힘을 너는 알고 있구나 눈바람 속 봄쑥의 향기를 온 몸으로 피우고 있구나 영화관에서도 디지털 TV에서도 만나 수 없는 흑백영화 한 편을 이 거룩한 교실에서 한참을 우러르고 있는 것이다

박대

　그녀는 그물망 밖으로 고개를 돌렸다 낯빛은 그물에 갇힌 사람 같지 않게 해맑았다　소쿠리에 갇힌 그림자는 며칠째 금식 중 가랑잎처럼 말린 혀가 버석거렸다 별다른 진동도 없이 물무늬가 졌다 몸은 목뼈에서 꼬리뼈까지 폼롤러로 민듯 납작했다 꼬닥꼬닥하고 가볍고 잠잠하다 바깥이 유리창을 코앞까지 밀어 넣고 뒷걸음질을 칠 때까지 그녀의 시간은 덜 마른 물기로 쿰쿰했다 바깥이 시야 밖으로 멀어졌다 골목과 연립주택을 갈라놓은 담장 위에서 넝쿨장미가 지나가는 오토바이에 휘청 나부꼈고 꽃을 꺾으려는 손등을 할퀴었고 줄기가 잘려 나갔다 골목은 잠잠했고 향기는 시들었고 심장은 뛰지 않았다 107동과 106동 사이에 낀 마당이 사루비아를 안고 우두커니 기우는 것 같았다 박대는 진땀을 흘리며 제 허물을 내려다보았다 붕 떠오른 몸이 한 뼘만큼 가벼워졌다 앞집 차임벨이 지나갔고 현관문 닫는 소리가 지나갔고 그녀의 베란다는 캄캄했다

　유리는 박대처럼 얇고 담백하고 비린내가 나지 않아 부서지기에 적당했다

* 바다 생선으로 몸통이 납작함.

반사경, 소문을 반사하다

그것의 마지막 얼굴은 아주 작게 오그라져 표정을 가질 수가 없었다 굳게 다문 입술이 잠시 벙긋거리다가 암전된 TV화면처럼 캄캄하게 사라졌다 담벼락으로만 옮겨 다니던 그림자가 창살에 걸려 들숨과 날숨이 툭툭 끊어진다 다가오는 먹이를 기다렸다가 순식간에 낚아채는 솜씨가 뱀의 혓바닥보다 민첩했다

과도하게 일그러진 한웅큼의 시간과 왜곡된 소문이 삽시간에 저물어가는 커브길

사정거리 밖, 검은 곰팡이의 촉수가 무릇무릇 기어오른다

나사못

선글라스 나사못이 풀렸다
캄캄하게 앞을 가로막았던 색 유리알 한 쪽이 떨어져나갔다

세상의 반은 환하고 반은 어둡다

용맹스런 한국군이 베트남 전쟁에서 대승을 거두었다는 다낭
과 호이안 사이
한국의 어느 단체가 세웠다는 위령비엔 동남아의 햇살이 살
갗을 파고들었고 도깨비바늘은 이방인의 옷자락에 붙어 떨어지
지 않았다

묵념을 하고 국화꽃다발을 바치는데
혼령들이 생년월일과 이름을 가리키며 충열된 눈알을 번득이
고 있었다

주변 관광지엔 미국인들도 한국인들도 북적거렸으나
역사의 뒤안길은 한적했다

노오라 서츠 이브 마러느 그 사라미 나느 조아

나는 명암이 교차된 눈으로 초로의 그녀를 바라보았다

발음도 가락도 서툰
정작 한국에선 아무도 부르지 않는 그 노래

신명도 표정도 시든 국화처럼 말라 나이를 가늠할 수 없는
노파가
시장 끝 길모퉁이에서 바나나 몇 무더기를 앞에 놓고
그 사라미 나느 조아 나느 조아 호객행위를 하고 있다

어쩌면 우리의 핏줄인지도
어쩌면 우리 핏줄의 어미인지도

한쪽은 희게 한쪽은 검게 보이는
베트남의 정오가 땀띠보다 따가웠다

새의 공격

달의 소재는 캄캄한 허공이다
빌딩도 몸집을 키워 달과 한 통속이 되었다
유리창엔 달도 들이고 별도 들이고 구름도 풀어 놓았다

하늘은 이미 새의 소관이 아니어서
어스름 그늘 속
노랑턱멧새 한 마리 피를 흘리며 가느다란 숨을 내뱉는다
유리창에 함몰된 어둠은 한 올 한 올이 올무였다

돌진하는 새
빼앗긴 권리를 주장하며 빌딩과 맞섰고 깃털을 세워 달의 공
격을 시시각각 튕겨냈다

위험에 빠지면 텍사스 도마뱀은 눈에서 핏물을 내뿜고
새는 달려드는 것들을 향해 온 몸을 부풀린다지만
최후의 보루는 언제나 돌아서는 것이었다

죽음의 경계를 넘어서는 노랑턱멧새

숨이 빠져나가는 동안 잠시 멈칫거렸던가

바람이 들썩거리자 주검이 대항하는 것 같았다
달의 살점이 새의 턱과 눈썹크기만큼 노랗게 뜯겨 나갔다

어깨에 힘을 주는 일은 소용없이도 해야 하는 일이었다

꽃의 함성

꽃들이 함성을 지른다
꽃의 이름으로 처단하겠다
꽃들이 함성을 지른다
인류의 역사는 유구했지만 여자에겐 비상구가 없었다
꽃들이 함성을 지른다
바람으로 벽을 쌓고 얼음으로 구들을 들인 저 시베리아 벌판
꽃들이 함성을 지른다
비상구처럼 반짝이던 아픈 여자가 고개를 꺾었다
꽃들이 함성을 지른다
법을 집행하는 자 법을 더럽히고, 정치하는 자 정치를 더럽히
고, 행정을 하는 자 행정을 더럽히고, 교육을 하는 자 교육을 더
럽히고, 예술을 하는 자 예술을 더럽히고, 사업을 하는 자 노동
을 하는 자……
수많은 꽃들의 통곡이, 수많은 을乙의 통곡이 하늘을 찌른다
꽃들이 함성을 지른다
들숨과 날숨 사이 덜컹거리던 꽃잎이 떨어지고
꽃들이 함성을 지른다
가장 좋은 시간에 모두들 그 자리에 있었지만 아무도 고개

들지 않았고 아무도 손 뻗지 않았다

　꽃들이 함성을 지른다

　딸들은 어두웠고 아팠고 수치스러웠고 두려웠고 죽음으로
막다랐다

　꽃이 꽃의 이름으로 일어선다

　꽃들이 함성을 지른다

　단전을 꼿꼿이 세운 꽃, 외친 이름으로 타오르는 꽃, 꽃이 꽃
의 이름을 부르는 꽃

　꽃들이 함성을 지른다

　꽃을 짓밟은 자, 꽃을 짓밟도록 부추기는 자, 꽃을 짓밟은 자
에 동조하는 자, 꽃을 짓밟은 자를 용서하는 자, 꽃을 짓밟는
자를 방조하는 사회를 처단하고 있다

　꽃들이 함성을 지른다

　이름을 걸고 미투를 외치는 모든 꽃들이 적당했다

　꽃들이 함성을 지른다

　쏟아지는 악평과 고난과 불이익에 저항하는

　꽃들의 분노가 적당했다

　꽃들이 함성을 지른다

짓밟힌 꽃도, 짓밟힐 뻔 했던 꽃도, 짓밟히지 않은 꽃도,
꽃들의 애인도, 친구도, 식구도, 직장도, 사회도 국가도,
모두 피를 흘린다
꽃들이 함성을 지른다
꽃을 짓밟는 자
자신의 어미, 자신의 누이, 자신의 딸, 자신의 처, 자기 자신마
저 짓밟는 자
꽃들이 함성을 지른다
꽃의 몽둥이, 꽃의 채찍, 꽃의 총칼
모든 처단이 마땅하였다 마땅하다 마땅해야 한다
꽃들이 함성을 지른다
이 지상에 꽃을 짓밟는 자가 모두 사라질 때까지
꽃들이 함성을 지른다
여자가 사람이 될 때까지, 사람이 사람이 될 때까지
꽃들이 함성을 지른다

대일밴드

물길에도 날이 있어 강을 가로지르는 나룻배는 수시로 밑창을 베이었다 베이는 것이 일상인 그녀에게 허락된 것은 상처부위에 일회용 밴드를 붙이는 일이었다 뼈 속에도 날이 있어 뼈날끼리 부딪히고 정강이 안에도 정강이가 있어 금이 가는 곳마다 핏방울이 맺혔다 출구는 봉쇄되었고 비상구로 향하는 모든 요일이 만석이었다

바위틈에 깔린 그가 겨우 눈을 떴을 땐 친정에 보내야 할 달러와 노동 후에도 노동이 기다리는 식구들의 밥이 심장을 누르고 있었다 하루 수당은 병든 하루의 지렛대였으므로 그녀는 매일 출근부에 도장을 찍었고 몸은 구석구석 실금이 갔고 색이 바랜 그녀의 꿈길은 낮달처럼 모호하게 흩어졌다

안부를 물으니 그녀는 대답대신 대일밴드를 뜯어 나에게 흔들어 보인다

질문에 답하시오

    홍채에 바코드를 찍는 5*02*3-2****** f 9*5 84*3 cH*s*
ㅅ?% 7*1 703 s의 실존은 규명 불가

    위 경고음은 저장용량을 초과했거나 기억회로 손상 시 발생
하며 유효기간 만료로 미세먼지 자욱한 날 발생 빈도수가 높음

    이 시대를 무난히 통과하고 싶다면 순순히 질문에 답하시오.

    힌트가 생각나지 않으면 대화창에 눈동자를 네모로 구겨 넣
거나 심장을 깎아 천천히 펴 넣으시오

    어느 겨울 아침 암호를 잊어버리고 방화벽 앞에서 싸늘하게
동사凍死한 s는 대략 cs37*ㅅ의 유전자를 보유하고 있으며 말
미에 ? %를 흘린 점으로 보아 거듭되는 재인증의 문턱에서
대 · 소문자를 저울질을 하다가 *의 덫에 걸려 지구 밖 쓰레기통
에 던져진 것으로 추정함

제 **3** 부

사과 대위법

자작나무 숲에서 공중전화를 걸었네

　자작나무는 공중전화를 걸고 있었어 심장엔 겨울을 건너온 자만이 볼 수 있는 심지가 불타고 있었지 두께를 키우는 일은 상처만 한 게 없다고 애기 송곳니 같은 햇살이 속삭였어 귓가가 환해졌어 나뭇잎이 활짝 눈물방울을 팔랑거렸어 잊을 수 없는 건 몸에 새기는 거야 몸이 자랄 때 기억도 함께 자라나거든 가슴의 상처는 거친 횟가루를 질게 이겨 단번에 쓱 발라버린 형상이었지 바람이 불 때 나뭇잎들이 고개를 끄덕이는 건 숨겨두었던 상처의 힘으로 돋아났기 때문인 거야 사랑하는 일도 누군가를 피우는 일이야 때론 그늘이 막다른 골목에 빙벽을 치기도 하겠지만 봄이 오면 자작나무숲에서 공중전화를 걸어 봐 말랑말랑한 햇살은 굳게 닫힌 창문을 두드리기도 하고 깃털처럼 간지럽히기도 하여, 회신이 없더라도 스스로 차오르는 두께를 알아차릴 수 있는 거지 사랑은 알아차리는 거야 귀를 키운 나무는 한겨울을 견딜 대들보가 되고 노인들처럼 들리지 않는 것도 들을 수 있는 영혼의 프리즘이 되는 거지 누군가를 사랑하는 일로 겨울이 오거든 자작나무 숲에서 공중전화를 걸어봐 이렇게, 욜랑욜랑

사과 대위법

그녀가 사과, 한다
사과다 싶으면 사과에 사과, 한다
사과가 강신이라도 할라치면
사과 꽃을 피우느라 날밤을 새기 일쑤
사과를 씻거나 사과를 펼치다가도
뜨거운 사과 귓전에 스치면
손을 뻗어 다짜고짜 움켜 채보기도 하고
사과를 쪼개고 사과를 깨물어 사과향 물큰거리기도

서툰 사과는 사과상표 하나 매달지 못하고
사과 밖에서 서성거리다가
사과, 하지 못하고 사과 파치로 시들고

어쩌다 접신이라도 하는 날
도공의 사과인 양 밤새 불덩이 같은 사과사과사과 수 십 알
낳기도 하고

사과, 하기 위해 살과 뼈와 영혼을 바치는

불타는 사과, 뼛속의 사과

사과는 오늘도 새빨갛게
사과, 한다

머그잔 속의 방충망

머그잔 속에 방충망이 걸려있다
물끄러미 저를 들여다보는
여자가 눈을 뻐끔거리며 입술을 내민다
입술 사이로 주르르 미끄러지는 여자
눈동자를 굴릴 때마다 우두둑 우두둑 부러지는 여자
본 적이 있는 것도 같고
연락처가 핸드폰에 저장되었을 것도 같은
여자가 여자를 뜨겁게 마시고 남은 얼굴을 창가에 올려놓
는다
그릇을 씻고 몸을 흔들며 일렁일렁 모양이 변하는 여자
느닷없이 연락처를 지워버렸다가
휴지통을 다시 뒤적거리다가
제 살 속의 여자들을 허겁지겁 파헤치기 시작한다
유성물감처럼 볼록하고 끈적하게 뭉치는 속엣 것들이
거름망 사이로 방울지고 찌꺼기로 남은
지고이네르바이젠* 바람 장미 우울
비슷하기도 하고 생소하기도 한 잔 속의 여자가
풀 먹인 이불홑청을 털다가 방충망에 걸려 희끗희끗 펄럭이

。

고 있다

* 파블로 데 사라사테 작곡

낚싯줄에 베인 B단조

건져 올린 물고기 한 마리 낚싯바늘에 꿰여 창공을 가른다
B단조 첼로협주곡*이 왼쪽 심방에서 오른쪽 겨드랑이로
긴 획을 내려 긋는다

허공을 단숨에 자르는 데는 가느다란 것만 한 무기가 없다
그러니 가는 것들은 위험하다 낚싯줄에 걸린 속눈썹 첼로의 활
그물에 걸린 햇살
단칼에 물렁한 것들을 갈라 생고등어처럼 굵은 소금을 뿌려
놓는다

물러섬이 없는 여울목에서 물방울을 튕기며 동글동글 구르던
이 누가 눈동자에 허공을 심어놓았나 물의 내면이 성급하게 여
울지고 흉흉한 소문이 소스라쳐 날아오르고

천공天空은 늘 뒷걸음질을 치고 있다

맥락을 끌고
낮고 슬픈 단조의 바다가 죽은 연인의 눈동자를 캄캄하게 개
켜놓는다

* 드보르작

꽃의 변주

크루베의 손길이 여자의 태엽을 되감는다
지나간 여자가 액자 속에 채집되고
부화를 꿈꾸는 새벽이 겨울 외투를 훌훌 벗어 던진다
곤궁한 자세가 앞으로 나아가게 하는가
팔랑개비는 제 몸 반을 구부려 머릿속 단내를 뿜어내고
다섯 시 만큼 깨어난 여자들이 입을 벌리고 하품을 한다
바람이 부는 동안 액자 밖으로 잘려나간 여자들이
잊혀진 얼굴을 하고 눈물을 흘린다
꽃을 문 여자가 여자를 문 꽃과 마주 서는 시간에 대하여
일요일의 기도가 월요일의 기도보다 경건한가에 대하여
채집된 역사가 콩꼬투리처럼 껍질을 벗는다
세계의 기원*이 액자 밖의 여성을 새롭게 번역하자
기슭에 서 있던 여자들이 세상 문을 열고 밖으로 쏟아져나왔다

* 구스타프 크루베의 작품

키스

나는 우리이고 싶어요

어느 꼭짓점이 맞닿아 우리가 되면

어쩌면 우린 너무 가벼워 둥둥 떠오를지도 몰라요

너와 나 사이에 실리콘을 쏘아놓고

텅텅 소리가 나도록 의자 하나를 심어야 해요

의자는 자라 댕그랑 댕그랑 두부차 종소리를 내겠지요

집으로 돌아오는 골목 안 밥 짓는 냄새 모락모락 담을 넘어

손짓도 하겠지요

너와 나 또 누군가를 하나로 묶어줄 때

우리는 한때 까치발을 들고 밥상을 차리기도 하겠지요

가끔은 왈츠를 추기도 하겠네요

뜨개바늘이 의자에 앉아 스웨터를 짜네요

목소리를 지우고 가슴을 깎아 울타리를 엮네요

손가락이 지루한 제 목을 당겨 매듭을 짓네요

빠르게 지나가는 철새들처럼 언젠가 우리는

시들어버린 '나' 만큼 무성한 '너' 만큼 아니 그 무엇도 아닌

만큼

'우리' 안에 갇혀 '우리'를 떠나고 싶겠지요

나도 너도 우리도 아닌 꼭짓점들이 다시 허공을 맴돌 때
매듭은 오늘과 똑 같은 자세로 의자를 부르겠지요

꼭 그만큼만 키스하실래요?

손가락 사이에 든 일 센티미터의 햇살

그리고 밤벌레가 기어간다

껍질을 뚫고 머리를 내민 곳이 어디인지 무엇을 위해 기어가
는지 생각이나 있는 건지 핑계를 달면 인간이지 벌레일까 꼼지
락꼼지락 비웃으며 기어간다

놓치지 않을 만큼 손가락에 힘을 주니 저도 단전에 힘을 주고
잘도 버틴다 어깨뼈도 엉덩이뼈도 없는 작고 탱탱한 몸통이 두
손가락을 밀어내느라 일 센티미터의 목숨을 다 쓰고 있다

물도 주지 않은 화분에서 일곱 달 만에 초록 꽃대가 돋아나
고 베란다에 던져둔 감자싹이 제 살을 파먹으며 새끼 감자를 키
워내듯 팔순 어머니가 뒤뜰 자갈밭에서 부러진 넓적다리를 끌고
부엌 댓돌까지 기어와 정신을 놓아버리기까지의,

두렵고 절박한 절절함은 어떤 이유를 달지 않고도
오십천 바위를 깨고 천 길 어둠을 열어젖힌다

벌레도 감자도 어머니도 마지막까지 치밀어 오르는 숨꽃을

알뜰히 태우고야 마는
 볕뉘의 애절이 오십칠 킬로그램의 생량머리를 온통 문지르고
있는 것이다

달콤한 공약空約

살다 보면 종종 제 안의 골목도 낯설어
한참을 들여다볼 때가 있지

오늘은 점순이를 꼬드겨 봄 감자 서너 알 훔쳐야겠다 강촌 어
디쯤 텐트를 치고 통기타 으스대며 쌩이질 좀 쳐야겠다 흑백사
진을 걸어 나와 노랗게 오줌보를 터뜨린 생강나무 아래 눈치 없
고 숙기 없는 '나'를 부추겨 이 밤에서 저 밤으로 알싸한 그네
좀 타야겠다 감자를 뭉개듯 너를 꼬깃꼬깃 구겼다고 시치미를
뗐다가 생강나무 한 계절을 하얗게 바랬다고 거짓말도 해야겠
다 일기장에 끼워 넣은 동백꽃 몇 송이 이것이 지난날의 답신이
라고
  살다 보니 애달픔 한 조각 초승달처럼 피어 있어 서너 채의
어둠도 냉기도 견딜 수 있었다고 노란 동백꽃 한 줌 서면 뱃길
에 뿌려야겠다 짧은 봄을 다 쓰고 나서 허옇게 늙은 너를 풍등
에 달아 잘 익은 밤하늘에 둥실둥실 날려야겠다

이제는 신호등 앞에서 주춤거리지 않겠다
좌회전이 불가능한 내 안의 중앙선을 허물어 버리겠다

체면도 버리고 겁도 없이 불량하겠다
인생의 쓴 맛쯤은 남은 반찬국물처럼 쏟아버리겠다

백일몽으로 달콤한 골목 안
춘천은 봄, 봄이 맞지
유정裕貞도 유정有情한 게 맞지

시와 박쥐

피를 줘
단말마로 분출하는 초음파의 유영 속

나의 애정행각은 너의 가슴털을 정성스레 고르는 일
음습하고 차가운 바위의 젖무덤에
날카로운 발톱을 숨기고

캄캄한 모가지에 빨판을 꽂아
삼킨 피를 토해 영혼을 불지르는 흡혈박쥐

너를 먹고
나를 먹이는
끈적하고 뜨거운

천형의 결탁

자화상
— 샤갈의 거울

　그래 공중을 나는 염소 말이야 장미도 날고 피리도 날고 죽은 애인들도 덩달아 날고 있는, 그래 떠다니는 지붕 말이야 뚫린 창마다 바람을 걸치고 달빛을 띄워 어슴푸레 흩어지는 종소리 잔향을 붙들고 먹청의 하늘이 막무가내로 내려앉아 2월에 닿은 여자 몇 번의 군개와 고물 배터리가 바람이 불 때마다 댕강 댕강 정전이 되는 여자. 댓잎 서걱이며 마디마디 올라간 대나무 끝 울부짖는 짐승 하나 꽃피던 시절엔 한 번도 으르렁 솟구치지 못하고 허겁지겁 내달린 철로 끝 하역荷役도 없이 누군가는 무골無骨을 이야기하고 누군가는 역류를 이야기하지만 몇 날은 누구의 그늘이었고 몇 날은 누구의 그늘로 기뻤다 하차한 들녘은 황량하다 피아노 건반 끝 아주 낮거나 높아 좀처럼 길들여지지 않는 파격음자리, 먹먹한 달꽃 몇 잎 울컥 울컥 토해낸다

아, 「동백꽃」

가난한 동박나무가 기침을 한다
갈비뼈 사이 해묵은 울음이 끈적하다

살고 싶다
살고 싶다

노란 담즙을 방울방울 떨구며 울부짖는 짐승
그의 폐는 비어있다 그녀의 프레임도 비어있다
축음기를 따라 돌던 신음소리도 가늘게 얼어붙는다

돈, 돈, 돈
슬픈 일이다*

바작, 바작
봄이 부서진다

피고름 그 자리
「동백꽃」** 피어났다

목욕탕에서 갓 나온, 알싸 향긋한

불멸의. 아,

* 필승에게 쓴 편지 중 변용.
** 김유정 소설집.

고명에 대하여

　고명이 한 끼 식사가 되는 꿈을 꾸었다 오방색의 겉치레가 아니라 가난한 위장을 쓰다듬는 작은 쓸모가 되고 싶었다 잣·대추·지단·은행·실고추, 아버지는 딸 하나 고명이라 키우면서도 강물 위에 반짝이는 햇살이나 일찍 찾아온 봄 언덕을 빌어 이름 앞에 꽃핀 하나 얹어주지 않으셨다 고향의 높은 산들은 아들들의 이름 앞에서 빛이 났고 묘비석엔 족보에서 가지 친 뿌리의 이름들만 으쓱거렸다 누에를 쳐 대학 등록금을 대면서도 아버지는 삼종지도를 가르치고 시집살이 석삼년의 금기사항만을 강조하셨다 예를 갖춘 대소사 음식 진열에 꽃처럼 잠깐 피었다가 시드는 웃기들 정작 식사 때는 거추장스러워 복주개에 돌려놓고 종국에는 뻣뻣하게 말라 먹기도 버리기도 애매한 꽃의 배후. 잊혀진 고명은 아름답지도 한 끼 식사도 되지 못한다는 걸 아버지는 아셨을까 고명이 절대 본 품을 대신할 수 없다는 걸 알게 되었을 땐 아버지의 시대는 이미 양지바른 곳으로 번지를 옮긴 뒤였고 고명도 스스로 밥이 되느라 굳은살이 옹이처럼 박인 뒤였다

메밀밭을 노래하다

품은 것끼리 부대껴 마음 덜컹거릴 때
붉은 대궁 출렁대는 메밀밭에 서 보아라
찰기 없는 속내는 거품처럼 쉬 꺼져도
땡볕 속 자갈밭에서도 질기게 꽃피운 우리가 아니더냐

먹어도 먹어도 채울 수 없는 허기로
발길 가누지 못 할 때
나는 천 개의 귀로 말하고 싶다

언 발을 차가운 콩 자루에 디밀고
막 삶아 낸 국수 가락을 동치미 국물에 말아 훌쩍거리던,
그리움은 그리움을 불러 가난도 설움도 모두 잊었으니

이 악물어도 가슴 헛헛할 때
내가 도무지 누구인지 알 수 없을 때
가을 산작밭 지친 등 서로 내주고 선
메밀꽃의 여문 대화를 조용히 귀기우려 보아라

훔쳐본 죄

봉정암 산신각에 칼잠 자던 밤
홀로 나선 댓돌 아래 우르르 달려든 별무리 한 떼
저도 겁먹고 나도 겁먹어
사무칠 겨를도 없이 멀뚱거리다 멀어진

그대, 북극의 폴라리스*

길을 잃고 바라본 양폭의 가랑이 사이로 요요하게 쏟아지던
무량의 달빛
번뇌처럼 몰려오고 흩어지던 천불의 거친 숨소리

나, 우주의 비밀 훔쳐본 죄 커
다음 생은 어디 만큼 떠돌다 이 자리에 서 하늘 향할 지

그대 달려나가고 그만큼 계절이 피었다 져도
내 죄 남아 있어 그대에게 달이 될 지 꽃이 될 지

한밤중 어둠 기둥 붙들고

하늘 물결 일으켜

나, 그대 정령으로 불타고 있네

* 북극성

탈피

피라미 두어 마리 붉은 화선지에 온 몸으로 획을 긋는다
갈 之였다가 올 來였다가 한 一자로 갑각을 벗는 담청의 하늘

소沼는 온종일
설왕설래

붉으락 푸르락

까마귀 오줌통

까마귀 오줌통 하나 덤불 속에서 그네를 탄다
속내를 감춘 앙바틈한 뒤태, 그림자가 실하다

개나리 몇 송이 성급하게 해살거리고 뒷담화하는 참새들 분
주하게 들락거려도
씨앗 몇 알 다부지게 품고 까닥까닥 바람에 몸 기대고 있다

칭얼거리는 귀
창궐하는 입

꽃 한 송이 붉게 밝힌다 해도 제 어둠 한 점 밀어내는 몸짓일
뿐이라고
꽃이나 사람이나 피어나는 시기가 다를 뿐이라고
햇살 한 점 바람 한 점 다금다금 쟁여 놓는다

뿔제비갈매기 이름으로

자작나무가
햇빛 화살을 쏘아 올린다

햇살 숲에 흩어지는 난분분한 알갱이들
얼마간은 껍질 속 제 상처를 들여다볼 테지만
나무는 금세 물올라 아무렇지 않게 세상을
파릇파릇 전진할 것이다

슬픈 연애도 종국에는
물자작나무처럼 상처를 걷어내고
눈물 자국마다 따옴표를 찍을 것이다

우기가 도래한 우포늪처럼
칠산도에 터를 내린 뿔제비갈매기*처럼
소금샘에서 걸러낸 소금기를 눈물로 밀어내며
몇 안 되는 이름으로 남아 있을 것

바람을 만나면 바람에 기대

적을 만나면 적에 기대 날개를 털며
태연한 뿔로 특별해질 것
창창한 자세로 펄럭일 것

겨울을 건너는 자작나무가
뿔제비갈매기 이름을 눈동자에 새기고 있다

* 지구상에 100마리도 채 남아 있지 않은 희귀한 바닷새.

소나기가 불러온 그림

　울음에도 맥박이 있어 어깨를 들썩일 때마다 모락모락 김이
올랐다 그의 배후는 장미였다가 누이였다가 소나기로 바뀌었다
연초록 눈망울과 정갈한 햇살은 그녀가 갖고 싶었던 일상이었
다 더 이상 놀라지 않게 되었을 때 왼쪽 가슴의 저울추가 불규
칙하게 그네를 탔다 반대쪽으로 기울 때마다 붓 끝이 눈물을 털
어 노을을 물들였다
　얼굴은 덜 자란 아이 쪽으로 기우는데 화폭은 장밋빛 달력을
한 장씩 떼어내고 있었다

　슬픈 농담으로 자란 붉은점살쾡이* 한 마리가 그림 속에서
막 고개를 쳐드는 중이다

　헤쳐 나가야 할 것이 많다는 뜻이다

* 인도와 스리랑카에서 드물게 서식하는 고양이과의 희귀동물로 1kg 10억 가지의 냄새를
구별한다고 함.

시의 힘줄

산책길을 뒤적뒤적하니 어린 참새들이 덤불 속에서 날갯짓을
한다
사람인 나를 믿는 건지 무시하는 건지 아예 길을 막고 아장거
린다
왜 나는 그동안 시를 여왕처럼 모시고 눈치 보며 살았을까
삶이 거창한 것도 아니고 그렇다고 배짱대로 되는 것도 아닌데
머리를 조아리며 멋진 장신구만 찾아 조공을 바치려했는지

올배나무 밑에서 배꽃 몇 잎 받는 일이 시를 받는 일이고
뻐꾸기 한 소절이면 모시적삼에 바람이 들고
소낙비 후두둑 뛰어와 안기면
힘줄 퍼런 억새 젊은 애인인 듯 아스라이 쓰러지는 일

댓잎 그림자 하얀 완자창에 묵죽 치는 달밤
가는귀가 환해지도록 마음에 빗장 하나 내리면
싸락눈 내리는 소리에 무딘 붓끝도 사그작 사그작 잘 늙어갈
터인데

물개와 백련사

우주가 숨을 참는다
자장율사와 삼존석불이 저녁 명상에 드는 시각
북극에선 물개가 물개를 물어뜯고 절문 밖을 휘도는 여울물
은 반석을 깎아 흰 연꽃을 툭 툭 피워 올리고 있다
흐느적이는 목덜미 넓적다리 붉은 살점이 뭉청뭉청 잘려나가
는 동안 돌의 정강이도 물에 슬려 앓는 소리를 낸다
우성들의 사투가 비리고 뜨거운 밤
승리한 수컷 물개가 상처를 너덜거리며 8시간째 짝짓기중이다
산목련을 쓸어안고 산문에 떨어지는 계곡물도 빠르게 리듬을
탄다

전장의 그림자는 어디로 갔나
한순간 피었다 사라지는 목숨들이 연꽃담을 중심에 두고 캄
캄하게 가라앉는다

산사에도 북극에도 달빛이 교교히 쏟아지고 있었다

제 **4** 부

발가락 따옴표

남이섬

너와 나 사이에 강물이 흘러
문득문득 피어나는 물안개

상물노 외로울 땐
긴 팔을 구부려 제 가슴을 쓰적이다가
속울음을 훔쳐내다가
가까스로 섬을 안고 돌아눕는다.

솜사탕처럼 부푼 연인들이
공화국의 메타세쾨이어 길을 영화처럼 한때 달려보기도 하는
쉼표의 시간

섬도 강을 받아 안아 잠깐 멈추고
고단한 머릿결 가만히 쓸어보기도 하는

사람과 사람 사이에 강물이 흘러
문득문득 피어나는 밤안개

별들도 섬 안에 갇히고 싶어
종종 막배를 놓친다

달의 뒤꿈치, 두물머리

시월 상달에 하는 일이란
만월을 정화수처럼 흙담 위에 올려놓는 일
하품같이 더딘 물길을 쫓다 젖은 물안개를 화선지에 덜어내
는 일
다시 오겠다는 말도 오지 않겠다는 말도 없이 누렇게 바랜 달
의 뒤꿈치가
고서화의 연잎 언저리를 말없이 쓸어 올리는 동안
절문 밖에선 오백 년 된 은행나무가 품으로 드는 강물을 자
꾸 밀어내고 있었다

거꾸로 자란 지팡이도 길이 아니면 손을 내 젓는
하심이란 얼마나 독한 격문이냐

찻물이 식는 동안 어스름을 끌고 새 한 마리 횡으로 지나
간다
반으로 갈린 강물의 실루엣이 악성 바이러스에 걸린 마우스
처럼 꼼짝 않는다
경내를 맴돌던 저녁 범종 소리가 두물머리를 한 바퀴 휘도는

동안

무릎을 적시는 찻물방울의 종결어미가 툭툭 잦아들고 있었다

산비탈을 쉬지 않고 기어오른 물안개가

수종사水鐘寺 일주문에 한 발 들여놓은 상달이었다

이팝나무의 각도

이팝나무를 본다
나무의 정수리를 위에서 내려다 본다

거리는 커다란 밥상, 눈부신 햅쌀 공양

제주 담그는 날이면 바람 잘 드는 채반에 하얀 술밥을 알알
이 펴 널며 어른들은 분주했고 아이들은 덩달아 신이 났다
　모내기철이면 흰 쌀밥을 논두렁에 펼쳐놓고 가난한 이웃들을
부르던 어머니

　하오의 햇볕은 이팝나무 모밥을 차려놓고 꼬슬꼬슬하게 유
년의 입맛을 당기고 있다

올려다 볼 때와 내려다 볼 때의 간격은 크다
사람도 위에서 내려다보면 조금 더 외롭고 조금 더 슬프다
홀로 걸어도 그렇고 함께 걸어도 그렇다

가족도 이웃도 직장상사나 동료도

밥을 비웃는 사람도 밥에 매달리는 사람도
깃발에 담긴 이념도 함성도 뒤집어 보면
조금 더 슬프고 조금 더 외롭다

이팝나무인 양 배추단을 산처럼 이고 새말 모래사장을 가로
지르던 어머니
　이념은 몰라도 식구들을 먹이느라 평생 똬리를 버리지 못하
시던 내 어머니
　눈 한 번 부릅뜨면 사남매 오금이 저리던 어머니

새벽 등굣길 살얼음 진 군개 물에 언 발을 담그면서도 서럽지
않았던 건 사철 무거운 짐을 이고 세상의 모든 군개를 첨벙첨벙
건너던 어머니의 뒷모습 때문이었다

햇살 좋은 유월
고층 빌딩에 올라 이팝나무 밥상을 앞에 놓고
세상을 보는 위치와 각도에 대해 생각하다

좁쌀밥

유채꽃 흐드러진 들판에
용춘엄니 고봉으로 점심상을 차리네

갓 익은 열무김치 한 보시기
봉긋한 사기주발 조밥 한 덩어리

밥상에 꽃이 피었네

찬물에 말아
놋숟가락 그득 퍼 올린 노란 밥알들

침 삼키는 소리 들릴까
고개 돌린 사립문 밖으로
늦여름 햇살이 행인처럼 지나가네

밥구경하다 돌아온 날 밤
냉이꽃처럼 흩어지던 노란 쌀알들

용춘엄니 배추장사 갔다가 강물에 빠져 죽고
어린 나이에 시집간 용춘이 늙은 서방 병수발로
동창회 한 번 참석 못 한다는 소문이
푸른 들판에 좁쌀알을 흩어놓네

유채꽃으로 일렁대는 어지럼증이
노란 신물을 싸르르 싸르르 뱉어내네

원圓
─ 굴비를 사랑하는 법

원은 자라지 않고 이동한다
날것이 쩐 내를 상상할 수 없는 건 더께의 문제가 아니라 중
심의 문제였다

낡은 밥상에 주저앉아 그녀를 먹는다
냉녹찻물에 회한을 섞어 젯밥인 양 꾹꾹 씹어 삼킨다
코끝을 건드리는 아가미나 뱃가죽에 말라붙은 오래된 살내
살피듬이 단단한 그녀에게서 쩐 내가 났다

생물을 건사하는 덴 소금물에 절이고 한겨울 해풍에 내 거
는 일
비린내가 진동할 땐 질항아리에 보리껍질을 켜켜이 채워 성난
비늘을 잠재웠어야 했고 장작처럼 돌아누워 어깃장을 놓을 땐
쌀뜨물에 사나흘 불리고 뜨거운 김을 쐬어 목질木質의 심사를
눅눅하게 부풀렸어야 했다

손톱 끝의 바알간 봉숭아물 앙상한 엉덩이뼈에 걸친 꽃무늬
팬티 틈틈이 턱살을 밀어 올리던 스텐리스 숟가락

위암말기 그녀가 죽음 직전까지 가꾸던 꽃밭의 일이었다

원과 원이 겹친 건 그 뒤의 일이다

그녀를 후회하며 굴비를 발린다
딱딱하게 굳었던 앙가슴이 해체되자
쿰쿰하고 짭쪼롬하게 말라붙은 눈물방울이 또르륵 굴러 떨
어졌다

몇 발짝 움직이는데 수십 년이 걸렸다

낮잠과 붕얼국

"밥 먹고 학교가거라!"

공중잡이로 일어난 시각
수국꽃숭어리는 어스름을 뿌옇게 밀어내기에 적당했다

할머니는 붕얼국을 떠주시곤 밖으로 나가셨다
산짐승이 더러 대통개에 나타난다고도 했다

워이 워이 외는 할머니의 목소리가 멀어지자
컴컴한 국물 위로 허연 눈알이 떠올랐고
시장 간 엄마가 아욱 줄기에 걸려 토악질이 났다

돌배나무 그림자는 뒤란 미닫이창에 어른거리고
엄마와 할머니를 잡아먹은 호랑이가 밀가루 묻힌 발톱을 문
구멍으로 디밀 것만 같아
괴어오르는 술독 뒤에 숨어 오줌을 찔끔찔끔 참았다

붕얼국은 그 후로도 자주 끼니가 되었고

어스름을 구별할 줄 몰라 놀림감이 되었지만
어미는 산짐승 따원 감히 넘볼 수 없는 이름이라는 걸 쉬 알
게 되었다

대통개에 다리가 놓이고 버스가 들어오는 동안
할머니도 어머니도 붕얼국도 집을 떠났지만

어스름이 수국꽃빛으로 저물 때면
붕얼국을 앞에 놓고 유년 같이 자꾸 헛갈리고 싶은 것이다

벼꽃

벼꽃이 필 때 나는 지나쳤네
장미 백합 후리지아처럼 빛깔과 이름을 가져야 꽃인 줄 알았네
누가 가르쳐 주지 않아도 나는 그렇게 알았네

밥은 벼의 살 벼의 맥박 벼의 영혼
중심을 잊고 까맣게 밥을 먹었네

봄, 여름 지나 텅 빈 줄기 끝에 이삭이 나오는 일
공기나 햇살의 느꺼움을 지나치듯
내 몸 내 자식 내 아픔에만 애가 끓었네

꽃인지 솜털인지 드러내지 않는 자마구,
벼꽃이 져야 밥이 된다는 말씀
엄마가 곁에 있을 땐 아무 것도 알지 못했네

복숭아 살구 앵두가 아니어도 당신 살을 모두 내어주던,
벼꽃은 피는 게 아니라 자마구에 이삭이 나온다는 말
첫 어미가 돼서야 쌀알만큼 알게 되었네

어느 늦은 날
볏짚 같은 몸을 씻기며 엄마의 비밀을 알게 되었네

텅 빈 채로 마른 등줄기
옹이 옹이 박힌 벼이삭을 처음 보았네

볏짚 썩은 변을 받아내며 너무 빠른 엄마를 뉘우치고 뉘우쳤네

억겁의 인연으로 만나는 우담바라
꽃이 필 때도 꽃이 질 때도
캄캄하게 지나쳐 버린 꽃

닝큼닝큼

추석이 늦었다
친정은 유통기간이 지났고 시집도 폐기처분된 지 여러 해 되
었다
토란국 좋아하는 큰 애는 비행기 안에서 명절을 베어 먹고
잡채 좋아하는 작은 애는 방콕에서 팟타이*를 후루룩 거릴
것이다
당구 치러 나가는 남편 뒤에다
전 좀 부치고 송편이나 빚을까 하니 다 그만두자고 한다

선고先姑의 유언대로
제사도 차례도 미사봉헌으로 바꾸고 나니
발뒤꿈치 아프고 허리 아플 일도 없는데
가랑잎이 하루 종일 양푼 긁는 소리를 낸다

빨래나 할까 자전거나 탈까 어정거리니
거실은 텅텅 울리고
베란다를 기웃거리던 저녁햇살마저 막차처럼 떠나갔다

기름 냄새도 없이
송편 한 접시 카톡방에 디밀었더니
열나흘 구멍을 땜질하던 늙은 명절들이
닝큼닝큼 집어 든다

* 태국요리

현비유인顯妣孺人

  늙은 식솔들이 장조카네 집에 모여 제사를 모신다 서울에서
남양주에서 춘천에서 달려와 대전 땅에 엎드려 절하고 일어설
때마다 끙끙 신음투지례다 어머니 헛기침을 하시곤 수저를 드시
는데 댓돌에서 미끄러졌어도 발목 조금 삐끗한 것 외엔 아무렇
지 않다는 칠순 넘은 며느리가 잔을 올리곤 그간 일을 고한다
애들 아버지 사다리에서 떨어졌어도 어디 하나 부러진 곳 없는
것도, 은행나무 꼭대기에 올라갔다가 논바닥이 움푹 파이도록
내동댕이쳐 한동안 정신을 잃었다가도 슬그머니 일어난 시동생
도, 지병에 폐렴이 겹쳤지만 그만그만하다는 큰 동서까지, 모두
어머니가 방동 앞산에서 지켜보고 계시다가 '아이쿠, 이 눔의
자식들아! 이게 무슨 일이냐' 깜짝 놀라 긴 팔 얼른 뻗어 모두
받아 올리셨다는 걸 알아요 그렇지 않고서야 육순 칠순 팔순
지난 자식들 연거푸 낙상을 하고도 이리 멀쩡할 순 없잖아요 오
늘은 또 벼르고 별러서 늦게 본 손주며느리 인사드리러 왔으니
증손주 하나 덥석 점지해 주세요 잠자코 고개를 끄덕이던 어머
니 다시 수저를 드시는데 나도 잽싸게 중얼거린다 엄마, 어젠 의
사가 전립선염으로 놀래 킨 아범에게 대장 신장 췌장 다시 검사
해 보자고 했대요 나쁜 병 걸리지 않게 잘 지켜주세요 그리고

다 큰 외손녀들 시집갈 생각을 안 하니 어쩌면 좋아요 어디 마
땅한 신랑감 있나 좀 찾아주세요 오랜만에 나들이 오신 어머니
쯧쯧 혀를 차고 계시는데 아참, 엄마 사위 같은 사람 말고요

이쁜 TV, 이 노릇

　낯이 좀 익었다고 비슷한 연배의 중년들이 둘러앉아 나이를 묻는다 손가락을 꼽다가 하나를 슬그머니 다시 편다 방금 구부린 숫자가 맞는 것 같기도 하고 아닌 것 같기도 하여 말을 바꾸는데 왜 가슴 한 녘이 '철렁' 내려앉나 하루 종일 낯선 도시 눈선 교실에 엎드려 시험문제를 풀다가 나는 왜 자꾸 억지웃음을 웃고 있나 면접관 앞에서 수험생 된 기분 참 거시기한데 구부린 손가락만큼 지혜롭지도 너그럽지도 못한 모양새라니 국가자격증 하나 따 들고 낯선 지도를 손가락으로 짚어보는데 성큼 다가와 멱살을 움켜쥐는 이 나잇살 모든 걸 내려놓을까 소침해지는데 세계를 두루 탐험하기 좋은 나이가 아흔이라고* 이쁜 TV가 아첨을 하네 그럼 그렇지, 심기일전 희희낙락, 의기양양 이 노릇

　* 「안녕,돈키호테」 박웅현 외' 중 변용.

114

쌀알별

막배 타고 돌아오는 길은 달무리로 어지럽기만 했는데요 새
벽밥 짓는 어머니 등 뒤에서 펌프는 더운 물을 한 바가지 마시
고는 별무리를 울컥울컥 쏟아냈다네요 새들도 잠이 덜 깬 아침
나는 가끔 빈혈로 부엌마루에 머리를 부딪혔는데, 그 때마다 새
벽별은 입 속으로 뛰어 들어왔지 뭐에요 첫 배는 나와 별을 태
우고 안개 속에서 자주 길을 잃었는데요 통통배 위에서 발가락
이 통통 부어오르고 옹크린 어깨 너머로 폭설이 휘날려도 추위
따윈 아랑곳하지 않았는데, 교실 문을 여는 순간 일제히 쏟아지
던 아이들의 눈총별엔 벌겋게 언 뺨과 손이 부끄러 죄인처럼 고
갤 숙었다네요 길을 잃는 버릇은 그때부터였으니 지금 노을처럼
길을 잃는다 해도 놀라지 않는 건 별을 잃은 쓸쓸함이 몸에 밴
탓인지도 모르겠습니다 첫배 타러 뛰어가다 눈길에 함께 미끄러
지던 새벽별, 엄마도 통통배도 별도 잊고 살았는데, 홀로 찬밥
을 꺼내놓은 어느 날 거실 탁자에서 마주친 그 별은 나처럼 늙
지도 않고 아프지도 않은지 TV 화면 속에서 여전히 반짝거리며
뭇별들과 함께 우주를 여행하고 있었는데요 지치고 외로워 영
혼이 맑아지는 날은 그을음 매캐한 부엌에서 새벽밥을 같이 먹
던 그 쌀알별을 불러내느라 먼 하늘을 기웃거리는 날이 많아졌
다네요

장마

손 놓지 않으면 닿을 수 있다고
어린 자식 자로 재며 울었습니다
모진 말로 상처준 일 손찌검으로 위협한 일
번번이 후회하면서도 독사의 혀끝을 버리지 못했습니다

가르침도 배움도 없이
다그침은 종이장판처럼 눅눅하게 울고 있는데
회오리치는 내 자식
가엾고 야속해서 북받치는 이 밤
장마는 퇴적층처럼 길고 축축합니다

TV에선 사람들이 집을 잃고 물폭탄을 견디느라 몸부림치는데
속앓이는 불 땐 지 오래된 사랑채처럼
곰팡내를 꾸역꾸역 피워댑니다

더디지만 손 놓지 않는 일
교과서처럼 외치기는 쉬워도 아이나 어른이나
전 생애를 다 던져야 하는 일이란 걸

그칠 듯 쉬지 않고 울어대는 천둥소리가
장마철 내내 가슴을 치고 지나갑니다.

이사 전날 세간처럼 장마는 생의 구멍난 곳을
오래도록 돌아보고 돌아보게 합니다

발가락 따옴표

입관실에서 아버지는
마디마디 꺾인 발가락을 나팔꽃처럼 펼쳐 보였다

날개는 어둠에서 나왔어, 새를 키우는 일은 가슴에 터널을 뚫
는 일이야

아버지가 발을 끌며 걷는다 한 걸음 들었다 한 걸음 느리게
내려놓는다
부드럽게 리듬을 타는 발가락은 넝쿨을 닮았다
뻗어 나가기 위해 구부림을 주저하지 않는,

생의 마지막까지 옹크렸던 몸을 곧게 펴는 것은 걸어온 발자
국마다 따옴표를 찍는 일이어서 행간과 행간 사이 말라버린 눈
물 송이들이 바삭바삭 부서진다
넝쿨손이 퇴화된 아버지는 절벽에 부딪힐 때마다 모퉁이가
한 점씩 떨어져 나갔으리라
뼈는 꺾여 중심을 옮기느라 걸음걸음 두려웠으리라

새보다 가벼운 접지의 이 순간,
피 묻은 무지외반증의 발가락이
잃어버린 날개인 양 활짝 펄럭거렸다

생일 케익

생生은 폭죽 같아서, 종합병원에 가자고 하니 수술하면 안 아
프냐 또 다른 병에 걸리면 수술만 하다가 삶을 마치라는 말이
냐고 살 만큼 살았다고 눈빛 하나 흔들리지 않는다. 그 고통을
어떻게 참겠느냐고 훌쩍거리는 그녀에게 아직 때가 이르지 않았
는데 왜 우느냐 자식에게 짐이 될 고질병이 아니라서 오히려 감
사할 뿐이라며 꼿꼿하게 앉아 숨소리 하나 흩어지지 않는다. 늙
은 자식은 말도 잃고 식욕도 잃고 잠도 잃었는데 신앙 하나 품
고 지금까지 기다려왔다고 지아비보다 두 배는 더 살아봤다고
케익 한 조각 포크로 찍어 천연덕스레 권하고 있다

시의 몸과 언어의 살청

권 성 훈

(문학평론가 · 경기대 교수)

시의 몸과 언어의 살청

권 성 훈
(문학평론가 · 경기대 교수)

가슴에 동굴 하나 뚫려 있다
막다를 때마다 파 들어간 굴이
산등성이를 관통했다
시커먼 아가리가 명치끝에
매달려 돌개바람을 일으킨다

― 「가벼운 십자가」

1.

누군가에게 시는 가슴 속 동굴처럼 깊게 파인 암흑에서 나오는 소리다. 이 동굴은 억압된 시인의 무의식이 자리한 공간이며, 암흑은 언어화되지 못한 기억이 함몰된 세계라고 할 수 있다. 이곳은 시간으로 존재하지 않으며, 비의식의 공간으로 시작과 끝이 연결되어 있지만 시작과 끝의 구분이 모호하거나 막다른 장소이다. 여기서 시는 깊고 넓은 어둠 속의 표면을 언어로 굴토하는 과정 속에서 억압된 암흑을 관통하며 사유를 견인하면서 미적인 것을 발생시킨다. 또한 그것이 자신을 넘어설 때 비로소 어둠 속에 갇혀 있던 결핍이라는 '시커먼 아가리' 속 동굴의 실체를 보게 되고, 존재의 '명치끝에 매달려' 있는 근원적 공명을 생성하는 사유의 자리를 드러내준다. 그럴수록 시인 자신을 구속하고 있던 '십자가'의 멍에가 한없이 가벼워지며 절망으로부터 구원에의 영역으로 가 닿는다.

이번 송병숙 시집 『'를'이 비처럼 내려』의 배후에는 미증유의 기억을 미적으로 변화시키는 교환 기능을 수행한다. 이 기억은 시인의 체험에서 사라진 것 혹은 사라져가는 것에 대한 결핍으로 남은 의식의 여과이다. 체험을 통과한 시는 몸의 감각으로부터 유입된 기억에 저항하며 세계적 모순의 가장자리에서부터 소멸해 가는 것을 시적 언어로 현상하고, 미적으로 구축하고자 한다. 시인은 이미 사라진 것 속에서 향후 사라질 것을 직관적으로 포착하고 언어로 고정하면서 스스로가 넘은 한계를 독자와 향유한다. 이때 그녀만의 새로운 언어가 출몰하는데, 도식화된 체계와 질서를 파괴하면서부터다.

기억의 언어는 저마다 감득한 세계의 파편화된 "홍채에 바코드를 찍는 5*02*3-2****** f 9*5 84*3 cH*s*ㅅ?% 7*1 703 s의 실존은 규명 불가"(「질문에 답 하시오」)한 분화된 기록으로써 온전한 언어로 저장될 수 없다. 누구나 실제적인 현상은 공유할 수 있지만 직관적이고 관념적인 것은 개인이 인식할 수 있는 지각일 뿐이다. 기억화 된 언어는 자신에게 관계하는 파편화된 몸의 일부이며 완전하게 기호화 할 수 없다는데 있다. 시는 바로 이러한 세계의 시선에 바코드로 저장되어 있는 알 수 없는 "사물들이 의미를 갖기 위해서는 하나의 '기호'로 읽힐 수 있는 어떤 우연적인 실재의 몇 조각이 이 의미를 인준해야만 한다. 바로 그 기호라는 단어는 임의적인 지표 mark와 반대로 '실재의 응답'과 연관되어 있다."[1] 마찬가지로 그녀의 시는 조각된 몸의 기억을 유예하며 실재의 응답을 인준하기 위해 자동적이고, 이기적인 몸의 기억에 저항한다. 그것은 새로운 언어로 소통하고 감각함으로써 기존의 언어적 억압에서 벗어나 실존을 조망하고자 하는데 있다. 마치 "저장용량을 초과했거나 기

---

1) 슬라보예 지젝, 『삐딱하게 보기』, 김소연 역, 시각과 언어, 1995, 71쪽.

억회로 손상 시 발생하며 유효기간 만료" 된 세계의 언어를 새롭게 조직하고 시의 명령을 실행하면서 기억에 저항하는데, 그것은 실체의 귀환이 아니라 상징적 그물망에 걸려 있는 언어로서 변증적인 것이다. 따라서 몸이 기억한다는 언어는 각인된 의식에서 산출되는 생각이며, 그녀가 보여주는 시는 "세상을 보는 위치와 각도에 대해 생각"(「이팝나무의 각도」)하는 것으로서 '실존의 위치'를 추적하기 위하여 '언어의 각도'를 달리하고 있다는 점이다.

한편 그녀는 몸의 기억 속에서 자아가 완성해가는 환상과 은폐된 의식을 감각적인 시의식으로 완화한다. 몸은 정신을 식민화하는 거대한 공간적 구조를 가지며 적대와 모순을 가지고 있기에 기억 속에서 분산되고 사라지고 만다. 거기에 기억이라는 허공에 솟대를 걸어 놓고 "이미 사라진 것들과/곧 사라질 것들과/막 길을 떠나는 그 날갯짓 소리 듣는다"(「솟대를 걸다」)는 사라져가는 몸의 기억과 망각에 대한 저항이라는 점에서 "쓸쓸한 영혼의 날실과 씨실을 뽑아" 올리는 모던한 시적 출현을 예고한다.

2.

귀의 첫 삽은 소금 방정식

바닷물이 뱉어놓은 소금의 질량과 해를 풀 말의 사리를 찾아

오체투지하는 귀들이 염전에 엎드려 있다

먼 고대 육지에 갇힌 바닷물이 제 뼈를 발려 태양 아래 널어놓은

소금의 결정은 말의 결정을 닮았다

각을 세운 소리들이 몸 부딪치는 내 안의 보리수

고흐가 잘라버린 귀 한쪽이

못다 읽은 경전의 한 페이지를 구겨 처마 밑에 건다

바람이 입을 벌리고 한 술씩 떠먹이는 말씀이

하루치의 염장炎瘴을 다 쓸고도 남겠다

외이도를 뛰쳐나오는 말발굽이 수 만 평 염전을 달려

톱니 가위로 해안선을 가른다

무릎을 꿇고 참회하는 나의 게송은 부걱거리는 소금의 얼개

가두되 갇히지 않는, 결結도 해解도 함께 피어나는 귀의 염전에서

늙은 염부가 노을을 밟으며 수차를 돌린다

한 계단 한 계단 퍼 올린 말의 정수리가 순백으로 빛난다

햇빛과 바람과 시간을 태워 소금꽃으로 피어나는 바다의 뼛조각들이

예기불안의 기울기를 귀 밖으로 밀어 내는

염전에선 소금이 경전이다.

— 「귀의 염전」 전문

소금은 바닷물에서 축출한 면면의 결정체로서 바다의 몸에

서 빠져나온 '바다의 사리'가 아닐 수 없다. 염전은 그러한 바닷물을 가두어 놓고 햇빛과 바람을 통해 자연의 힘으로 증발시켜 소금을 만들어 내는 곳이다. 그녀는 염전의 장소에서 '소금 방정식'이라는 새로운 방식을 통해 기존의 질서를 해제하고 나름대로의 방정식을 구성하고자 한다. 그것은 "바닷물이 뱉어놓은 소금의 질량과 해를 풀 말의 사리를 찾아"가는 것이며, "소금의 결정은 말의 결정"이라는 것을 발효시키는 장치다. 또한 소금이 되기 위해 각을 세우고 있는 염전에서 '몸 부딪치는 소리'를 들으며 '내 안의 보리수'를 발견한다. 보리수는 석가가 35세 되던 해 부다가야의 보리수 밑에서 우주의 참된 진리를 깨달아 불타가 되었던 곳인 것처럼 염전 역시 치환된 보리수를 의미한다. 따라서 이 시에서 소금밭은 '경전의 한 페이지'가 되어 "바람이 입을 벌리고 한 술씩 떠먹이는 말씀"으로 존재하며 "가두되 갇히지 않는, 결結도 해解도 함께 피어나는" 연기설에 기인한 시의식을 보인다. 이것은 이것이 있으므로 저것이 있고, 이것이 없으면 따라서 저것도 없어지며, 이것이 생겨남에 따라 저것도 생겨나는 것이며, 이것이 없어지면 곧 저것도 없어지게 되는 것과 같다는 것이다. 이른바 '늙은 염부가 노을을 밟으며 수차를' 돌리는 것은 연기설의 순환을 말하는 것이며, 이것과 저것 주제와 타자는 서로 완전한 존재도 독립적 관계도 아니며 상호의존적 관계에서 생겨난 존재라는 점이다. 이에 소금은 이러한 인연을 발효시킨 언어로서 "햇빛과 바람과 시간을 태워 소금꽃으로 피어나는 바다의 뼛조각"이라는 점을 상기시킨다. 이것은 「포자의 눈」에서 '한 발짝 한 발짝 쌓아올린 빛의 제단'이 되며 '시시각각 경계를 허무는 빛의 위강胃腔'으로서 "살과 뼈를 맞바꾼 빛의 파장이 우주의 페르소나"를 보여주는 대목이다.

　　나이테는 돌의 속살로 가득 찼다
　　달빛 속에서 상수리나무는 옆구리를 훔쳤고 나는 울기를 멈췄고 시간은 더 이상 일기예보를 하지 않았다

　　훅, 훅, 뿌리 사이로 쇳물이 솟구친다 비벌剕罰을 당한 시간이 땅 속으로 가라앉고 아름드리 주검들이 오미자빛 잿물을 꿀꺽꿀꺽 들이켰다

　　너는 넘어져도 네가 가라
　　짐승처럼 헐떡이는 나무

　　사랑이라는 말조차 차갑게 굳어버린 오늘 한 생이 끝나고 한쪽 귀가 역류한다
　　산다는 게 무언가
　　시간의 반대쪽은 얼굴을 가리고
　　돋아나는 돌의 내면은 드라큘라처럼 뜨겁다

역사는 총총히 지나가고
태도를 바꾼 화석은 유한한 목덜미에 날카로운 이빨을 꽂는다

돌이 돌을 깨며 꽂인 양 타오르는 순간이다

—「규화목」 전문

　현존의 얼굴로 실존을 가리고 있는 페르소나는 나무 화석인
「규화목」에서도 인식할 수 있다. 규화목은 흙에 파묻힌 나무
에 광물질이 스며들어 굳은돌을 가리키는 것으로 식물이 광물
질로 변화한 것이다. 나무의 나이테를 둘러싸고 있는 광물질은
'돌의 속살'로 가득 찬 실존의 페르소나로 '시간이 땅 속으로
가라앉고 아름드리 주검들'을 나타내는 '시간의 반대쪽'에 위
치한다. 시간의 반대 방향은 생명의 대척점인 '죽음의 얼굴'로
서 시간이 돌처럼 굳어버린 공간이다. 이 '돌의 내면'은 죽음의
본능인 타나토스(Thanatos)로 존재하는 것으로 생물체가 연속
적으로 무생물로 환원하려는 현상이다. 타나토스는 생명에 대
한 공격성을 띠면서 생명과 환경을 파괴하며, 존재를 사멸하고,
타자를 처벌하는데, 이것은 자기 보존적이고, 삶의 본능인 에로
스(Eros)와 교차하며 때로는 대체되는 현존의 응답인 것이다.
에로스의 "사랑이라는 말조차 차갑게 굳어버린 오늘 한 생"은
바로 타나토스의 세계로서 삶에서 죽음으로 '태도를 바꾼 화

석'일 뿐이다. 그렇지만 나무라는 생명은 돌이라는 죽음의 본능에 이르렀지만 사실상 이것은 흙으로 돌아가는 회귀 본능이면서 죽음이라는 과정을 통해 재생하는 삶을 "돌이 돌을 깨며 꽃인 양 타오르는 순간"을 드러내는 것이 아닐 수 없다.

3.

인연설에서 이것이 있음으로 말미암아 저것이 있고, 이것이 생김으로 말미암아 저것이 생긴다는 것이며, 이것이 없음으로 말미암아 저것이 없고, 이것이 멸함으로 말미암아 저것이 멸한다는 것과 같으며, 그녀의 시에서 삶과 죽음을 자연의 몸과 교감하며 실재하는 것의 일부를 통해 실존의 은폐된 세계를 보여준다. 그녀의 시는 지난 시간의 상흔이면서 현재를 역사하는 기록으로서 "한 잎의 역사가 지고/또 한 잎의 역사가 주춤거릴 때/일기장에선 검은 활자들"을 포착하는 언어다. 그렇게 "말이란 참 비릿한 거네요/해독하지 못한 나비의 행간들이 비에 젖고/파쇄기가 치명적 증거를 찾아다니는"(「나비, 한 잎의 악플」) 것이다. 그 비릿한 미감 속에서 해독하지 못하는 행간의 의미를 찾아다니는 것이 그녀의 고유한 시작법이라고 할 수 있다.

오늘 나는 무거운 돌멩이 하나를 들어냈다
구멍을 들춰내는 일이 점화의 단초여서 입꼬리를 팽팽하게 당기고 마른 침을 삼키며 금이 간 개뼈다귀를 한 입 한 입 발려냈다

입 주변의 비릿한 이름은 손등으로 문질러 닦았지만 꺾이고 구부러진 목울대는 질기고 슬퍼 질겅거릴 때마다 고무줄 탄내가 났다

범종소리는 깊을수록 종구가 어두웠다
소리를 얻기 위해 굴종은 적당했지만 파적破寂이 슬펐고 무너지지 않는 구멍의 힘이 슬펐다

내일은 구멍에게 헌사를 바칠 셈이다
부걱거리는 것들이 고장 난 세탁기처럼 덜컹거릴 즈음
더럽고 부끄러운 것을 시원하게 삼켜주는 대아大我의 기질에 기념비를 세우기로 했다
오물을 쏟아낼 때마다 뜨거운 혀를 내미는 비데의 친절을 존경하기로 했다

모든 구멍은 남모르는 뒷심을 가지고 있었다
먹은 것을 모두 토해낸 뒤 울리는 공명은 빈 유리잔끼리 부딪치는 춤사위 같았다
풍향기는 팽팽한 구멍의 힘으로 날개를 펼친다

그러나,
구멍과 점화의 관계는 적당한 수식이 없어
크기와 명성이 늘 비례하는 건 아니었다

— 「파적, 구멍에 대하여」 전문

　이 시편의 중심 키워드라고 할 수 있는 '구멍'은 파내거나 뚫린 공간을 단순히 형상하는 것이 아니다. 그녀는 세계와 사물을 구성하고 있는 '구멍'이라는 입자를 통해 실존의 몸을 보여주고자 한다. 이 공간은 일반적으로 인식할 수 있는 세계가 아니라 고요함 속에서 사유가 파생되는 생동적인 공간으로서 충만한 의미를 가진다. 또한 구멍은 허공의 몸으로 묘사되는 바, 시인은 '무거운 돌멩이 하나를' 드러냄으로써 무거운 현상과 생각을 거두고 그 빈 곳에 새로운 표상을 주입시키기도 한다. 그 구멍은 각자의 크기가 나누어 가진 만큼의 '허공의 몸' 일부를 가지고 있으며, 이것이 지향하는 것은 정신적 공간이다. 허공의 몸이라는 '구멍을 들춰내는 일이 점화의 단초여서' 거기에 현실과 가상, 이성과 감성, 안과 바깥이라는 이분법적 경계를 지우고 사유를 채울 수 있게 된다. 마치 구멍이 깊을수록 멀리 퍼져나가는 '범종소리'와 같이 '소리를 얻기 위해' 있는 '굴종'의 구멍은 소리와 비례한 에너지가 생기는 곳으로써 '구멍의 힘'을 보여준다. '모든 구멍은 남모르는 뒷심'

을 가지면서 '팽팽한 구멍의 힘으로 날개를' 날고 허공 속으로 울리는 소리를 통해 '구멍에게 헌사를 바칠' 만큼 새롭게 역사하는 시적 사유체가 되는 것이다.

시인의 언어는 '허공의 몸'을 향해 '구멍의 힘'을 가지는 범종소리처럼 "보름달을 관음송에 피워놓고 마음 비질하는 밤"(「동강, 달을 한 입 베어 물다」)에도 경계를 허물며 '흩어져 형체를 지우고 물길을 돌고 돌아 모로 누운 산자락 하나 감싸 안으면서 자유롭고 멀리' 날아가며 "길을 잃고 바라본 양폭의 가랑이 사이로 요요하게 쏟아지던 무량의 달빛"(「훔쳐본 죄」) 속에서도 "번뇌처럼 몰려오고 흩어지던 천불의 거친 숨소리"를 들으며 '우주의 비밀'에 그녀만의 시적 방정식으로 도달하고 있다.

4.

중심이 왜 중요한지
알겠다, 팔을 벌려 품을 키워야 높아져도 외롭지 않음을

오늘의 결말이 모두의 정점은 아니어도 탑은
늘 중심을 우러른다 견딘 만큼의 시간이 흐르고 흔들린 만큼
균열져
허공이 높을수록 두려움도 컸을

한 사람을 알겠다

중심에서 벗어나고 싶었던 순간들을 빈 항아리처럼 엎어 놓고
오래된
바람의 말을 조심스레 쓸어보는 이 곳

한 계단 한 계단 쌓아올린 손길이 마지막 보주를 탑신에 올려
놓을 때
번뇌가 몰려와 온몸을 회오리로 휘감을 때 탑은
아랫돌이 윗돌을 견딜 때에만 붙여지는 이름이란 걸

막 삐져나온 모퉁이돌 하나 쏟아지는 허공을 받아 안는다
곁에 있던 작은 돌멩이 하나 출렁 몸을 던져 그 틈을 메운다

휘영청 솟아오른 탑은
한 팔과 한 팔이 걸리는 곳에서 피어나는 이름이란 걸

알겠다, 오래 지켜온 허방의 힘으로
겉은 흔들려도 중심을 버리지 않는, 한 사람을

느리게 알겠다

— 「탑—미륵사지를 지나며」 전문

이 시 '미륵사지 석탑'은 백제 최대 사찰의 불탑으로서 현재 남아있는 국내 최대의 석탑이며 가장 오래된 백제의 석탑이기도 하다. 미륵사지 서원의 금당 앞에 있는 이 석탑은 오랜 세월 동안 무너져 절반 정도 남아 있지만 유구한 역사를 증명하는 불탑이 아닐 수 없다. 돌을 하나 둘 쌓아 완성하는 석탑은 원래 부처의 사리를 안치한 신앙의 대상물로서 초기 불교에는 탑 중심의 신앙을 보여주는 것으로 사찰의 중심에 배치하였다.

이 시에서도 시인은 '중심이 왜 중요한지'에 대한 존재론적 물음으로부터 시가 시작되고 있다. 하나의 중심은 전체를 지탱하고 전체는 중심을 향해 있다. 이 중심은 정신과 밀접한 관계가 있는 바, 중심은 정신의 몸이 아닐 수 없으며 현존재의 초점이다. 마치 진리와 존재를 분리해서 천착할 수 없듯이 존재와 중심을 떼어서 판단할 수 없을 정도로 존재의 중심은 동근원적 관계에 있다. 하이데거에 따르면 이러한 중심은 다름 아닌 '진리의 장소'가 머무는 곳이 되는 바, 여기서 진리의 본질과 일치하는 대상이 석탑으로 현현되는 것이다.

이 장소에서 시인은 "알겠다, 팔을 벌려 품을 키워야 높아져도 외롭지 않음을" 말하는데, 이것은 근원적 의미에서의 명제(Aussage)로서 존재하는 사물 그 자체의 드러냄(Apophansis)이라고 할 수 있다. 다만 이 드러남은 이미 발견되어 있음(Entdeckend-sein)을 통해 진리를 보존한다는 것 또한 존재자를 드러내는 의식인 셈이다. 시인이 진리를 드러낸다는 것은 하나의 사태를 의미하는 것으로 "늘 중심을 우러른다 견딘 만큼의 시간이 흐르고 흔들린 만큼 균열져"있는 진리는 이미 발견되어 현존재의 가운데 있다는 것이다. "바람의 말을 조심스레 쓸어보는 이 곳"이 바로 진리가 개시되는 장소이듯이, 시를 드러내고 있는 시공간이 진리의 중심이 아닐 수 없다. 석탑이 그렇듯이 한편의 시도 독자적으로 존재하기 위해서는 "중심에서 벗어나고 싶었던 순간들을" 극복해야하며 그것은 "번뇌가 몰려와 온몸을 회오리로 휘감을 때" 시의 행간과 행간 사이에 있는 "아랫돌이 윗돌을 견딜 때에만 붙여지는 이름이란 걸" 그녀는 무엇보다 잘 알고 있다.

이에 그녀는 말한다. "알겠다, 오래 지켜온 허방의 힘으로/ 겉은 흔들려도 중심을 버리지 않는, 한 사람"이 바로 자신이며 시인이라는 점이다. 이 중심을 가지기 위해서 시인은 '뻗어나가기 위해 구부림을 주저하지 않는'(「발가락 따옴표」) 의지를 통해 '행간과 행간 사이 말라버린 눈물송이들'을 새기는 자인 것. 그렇게 모든 사물들이 '한순간 피었다 사라지는 목숨'(「물개와 백련사」)이지만 그 중심은 사라지지 않는 '우주가 숨'을 쉬는 곳이며, 말하자면 '자장율사와 삼존석불이 저녁 명상에 드는' 사유의 공간이 되는 것이다.

자작나무가
햇빛화살을 쏘아 올린다

햇살 숲에 흩어지는 난분분한 알갱이들
얼마간은 껍질 속 제 상처를 들여다 볼 테지만
나무는 금세 물올라 아무렇지 않게 세상을
파릇파릇 전진할 것이다

슬픈 연애도 종국에는
물자작나무처럼 상처를 걷어내고
눈물 자국마다 따옴표를 찍을 것이다

우기가 도래한 우포늪처럼
칠산도에 터를 내린 뿔제비갈매기*처럼
소금샘에서 걸러낸 소금기를 눈물로 밀어내며
몇 안 되는 이름으로 남아 있을 것

바람을 만나면 바람에 기대
적을 만나면 적에 기대 날개를 털며
태연한 뿔로 특별해질 것
창창한 자세로 펄럭일 것

겨울을 건너는 자작나무가

뽈제비갈매기 이름을 눈동자에 새기고 있다

— 「뽈제비갈매기 이름으로」 전문

　그녀가 시도하는 시작의 중심에는 정신과 본질의 합일되며 그것은 언어를 창조하며 완성하는데 있어서 만물들에게 그 본질의 이름을 부여한다. 그녀는 "뽈제비갈매기 이름을 눈동자에 새기고" 그것을 나름대로의 방식으로 언어화하는 것이며, 사물과 나라는 시인이 교감하는 사이 새로운 언어를 완수한다. "햇살 숲에 흩어지는 난분분한 알갱이들"처럼 존재하는 수많은 것들에 이름을 명명하는 것. 그녀의 시작은 "몇 안 되는 이름으로 남아 있을 것"에 대한 '특별해질 것'을 가려내는 작업이기도 하다. 그래서 "나는 우리이고 싶어요"(「키스」)라는 것은 '너라는 사물'과, '나라는 시'가 '우리'로 교환되기도 한다. 따라서 "우리는 한때 까치발을 들고 밥상을 차리기도 하겠지요/가끔은 왈츠를 추기도 하겠네요/뜨개바늘이 의자에 앉아 스웨터를 짜네요/목소리를 지우고 가슴을 깎아 울타리를 엮네요/지루한 손가락이 제 목을 당겨 매듭을 짓네요" 그것은 '허공의 꼭지점'이며, '시의 몸'이 되는 것이다.
　그녀에게 시는 진리로 교환된 중심을 찾아가는 가공된 언어로서 '시의 몸'에 가 닿으며 언어로서 행할 수 있는 모든 가능

성의 목록이며 또한 그것을 기록으로 남기는 것. 시는 부유하는 사유를 '고정'시키는 것이며, 자신의 우주를 둘러싸고 있는 여러 가지 사건을 명명하며 소환한다. 마치 연잎 차를 우려내기 전에 살청을 하듯 일상적 언어의 거친 순을 죽이고 감각적 언어로 어루만지는 것, 말하자면 "살청을 위해 연잎은 뜨거운 무쇠솥을 몇 차례 견뎌야한다 물기를 말리고 형질을 바꾸는 일은 한 생을 지우는 일과 같아서 혼신을 다해 말매미가 피울음을 운다 독으로 독을 다스린 이슬의 결정체, 초록 발톱을 감추고 있다 고되고 향긋한 죽음이 빵꽃처럼 피어 이승의 무른 목숨들을 어루만지는 중이다"(「살청, 보다의 여가리」)라고 할 수 있다.

　이것은 연잎이 지닌 '독'과 '이슬' '초록' 등의 기억의 형질을 지우고 본질만 남기는 공정 과정으로서 그녀의 근원적인 시작도 언어의 주변부를 지우고, 사유라는 중심만 남기는 '언어의 살청'이 아닐 수 없다. 이처럼 송병숙 시인의 시는 '시의 몸'을 통해 존재의 중심을 나타내기 위한 '언어의 살청'이라는 공정으로서 세계와 사물에 대하여 근원적 사유로 환원시키는 의지가 여기 한권의 시집에 담겨져 있다고 하겠다.

시와소금 시인선 110

'를'이 비처럼 내려

ⓒ송병숙, 2019. printed in Seoul, Korea

초판 1쇄 인쇄 2019년 12월 15일
초판 1쇄 발행 2019년 12월 20일
지은이 송병숙
펴낸이 임세한
펴낸곳 시와소금
디자인 유재미 정지은

출판등록 2014년 1월 28일 제424호
발행처 강원 춘천시 충혼길20번길 4, 1층 (우24436)
편집실 서울시 중구 퇴계로50길 43-7 (우04618)
전화 (033)251-1195(팩스겸용), 휴대폰 010-5211-1195
전자주소 sisogum@hanmail.net
ISBN 979-11-6325-007-4   03810

값 10,000원

* 이 책의 내용의 전부 또는 일부를 재사용하려면 반드시 저작권자와
  시와소금 양측의 동의를 받아야 합니다.
* 잘못된 책은 교환해 드립니다.
* 이 책의 국립중앙도서관 출판도서목록(CIP)은 서지정보유통지원시스템
  홈페이지(http://seoji.nl.go.kr)와 국가자료공동목록시스템에서 이용하실
  수 있습니다. (CIP제어번호 : CIP2019048946)

강원문화재단
Gangwon Art & Culture Foundation

• 이 시집은 2019년 강원도 강원문화재단 전문예술육성지원금으로 발간하였습니다.